Wirklich wahre

Geister-, Horror-, Monster-Geschichten

Wirklich wahre

GEISTER HORROR MONSTER GESCHICHTEN

Terry Deary

Illustrator
David Wyatt

G&G

www.ggverlag.at

Die Originalausgaben sind erstmals 1993 unter dem Titel „True Horror Stories“ und 1995 unter dem Titel „True Ghost Stories“ in Großbritannien bei Scholastic Children's Books erschienen.

ISBN 978-3-7074-2199-6

1. Auflage 2018

Deutschsprachige Sammelband-Ausgabe

Übersetzung: Mona Norma Schubert
Lektorat: Birgit Trinker, Ingrid Feuerstein
Covergestaltung und Illustration: Martin Weinknecht
Satz: G&G Verlag

In der aktuell gültigen Rechtschreibung

Gesamtherstellung: Imprint, Ljubljana

Inhalt

Einleitung 7
Ein Mord in Kildare 11
Die Leichenräuber 23
Die Hexenhinrichtung 37
Das verschwundene Dorf 49
Lizzie Bordens Axt 65
Der Geist der Roten Scheune 83
Der Todestraum 95
Der Fluch der Mumie 111
Der Albtraumhof 125
Der Geist im Fahrstuhl 137
Der fliegende Holländer 151
Die Geistersteine 167
Geisterträume
oder Georges Traum 179
Geisterboten oder
Tagebuch eines Spuks 193
Nachwort 213

Einleitung

Newcastle, England – April 1992

Das Gebäude, in dem ich arbeitete, war früher ein großes Privathaus gewesen. Die Räume im unteren Stock waren prachtvoll und geräumig, mit hohen Fenstern, aber je höher man hinaufstieg, desto schmaler und dunkler wurden die Gänge und Zimmer.

Mein Büro lag im letzten Stock. Dort waren wohl einst die Dienstbotenzimmer gewesen.

An einem Donnerstagmorgen um elf Uhr ging ich in den obersten Stock. Ich öffnete die Tür, die in den schwach beleuchteten Korridor führte. Als ich hindurchtrat, kam plötzlich eine Gestalt auf mich zu. Es war eine Frau. Sie war klein – ihr Kopf hätte kaum mein Kinn erreicht. Sie war grauhaarig und trug ein langes, graues Kleid mit weißer Schürze.

Ich konnte sehen, dass sie den Kopf gesenkt hielt – sie schaute nicht, wohin sie ging. Ich hatte weder Platz noch Zeit, ihr aus dem Weg zu gehen. Ich wich zurück, schloss die Augen und drehte meinen Kopf zur Seite. Ich wartete auf den Zusammenprall, doch es passierte nichts. Ich öffnete meine Augen und blinzelte. Es war niemand da. Ich lachte über meine eigene Dummheit und vergaß die grauhaarige Frau im grauen Kleid.

Am Abend desselben Tages gegen 19 Uhr 30 kehrte ich in das Gebäude zurück. Es fand eine späte Sitzung in der großen Halle im Erdgeschoss statt. Ich musste vorher noch meine Notizen aus dem Büro holen.

„Ist das Büro offen?“, fragte ich den Portier.

Eine alte Putzfrau, die seit mehr als zwanzig Jahren in dem Gebäude arbeitete, hörte zufällig mit.

„Sie gehen doch nicht zu dieser Zeit nach oben?“, fragte sie.

„Warum nicht?“ Ich zuckte mit den Achseln.

„Also, ich würde nicht für eine Million im Dunkeln nach oben gehen.“

„Ich fürchte mich nicht im Dunkeln“, sagte ich.

Sie schüttelte den Kopf. „Seien Sie vorsichtig – vielleicht treffen Sie die Graue Dame!“

„Graue Dame?“, fragte ich und fühlte einen kalten Angstschauer meinen Rücken hinunterlaufen.

Irgendwie wusste ich, was die Putzfrau meinte.

„Ja. Wussten Sie das nicht? Im letzten Stock spukt ein altes Dienstmädchen.“

Draußen wurde es dunkel – drinnen auch. Dieses Mal zitterte meine Hand, als ich die Tür im letzten Stock erreichte. Und ich sah – nichts.

Was also hatte ich am Morgen gesehen? Vielleicht hatte ich mir die Frau in Grau nur eingebildet, aber vor dieser Begegnung hatte ich noch nie von ihr gehört. Vielleicht bin ich ja ein Schwindler … Nur ich selbst weiß mit Sicherheit, dass ich keiner bin. Oder ich habe einen Geist gesehen – eine Schreckenserscheinung aus einer anderen Welt.

Fest steht, dass ich mehr über das Übersinnliche herausfinden wollte. Da geschah das Merkwürdigste. Am Tag, nachdem ich die Graue Dame gesehen (oder mir eingebildet) hatte, erhielt ich einen Brief, in dem ich gefragt wurde, ob ich eine Sammlung wahrer Horror-Geschichten schreiben wolle.

Hier ist sie. Eine Sammlung von Geschichten über Geister und Dämonen, Morde und Geheimnisse, die staunen lassen und nachdenklich machen.

Jeder liest gerne eine gute Gruselgeschichte. Aber gibt es in unserer Welt wirklich solch grausige Dinge? Sieh dir diese Geschichten an – Geschichten, die zu ihrer Zeit von manchen Leuten für hundertprozentig wahr gehalten wurden. Dann sieh dir einige der Fakten zu den Geschichten an, und versuche, dir eine eigene Meinung zu bilden.

Wahrheit oder Lüge? Schwindel oder Irrtum?

Aber lies sie ja nicht nach Anbruch der Dunkelheit! MAN HAT DICH GEWARNT!

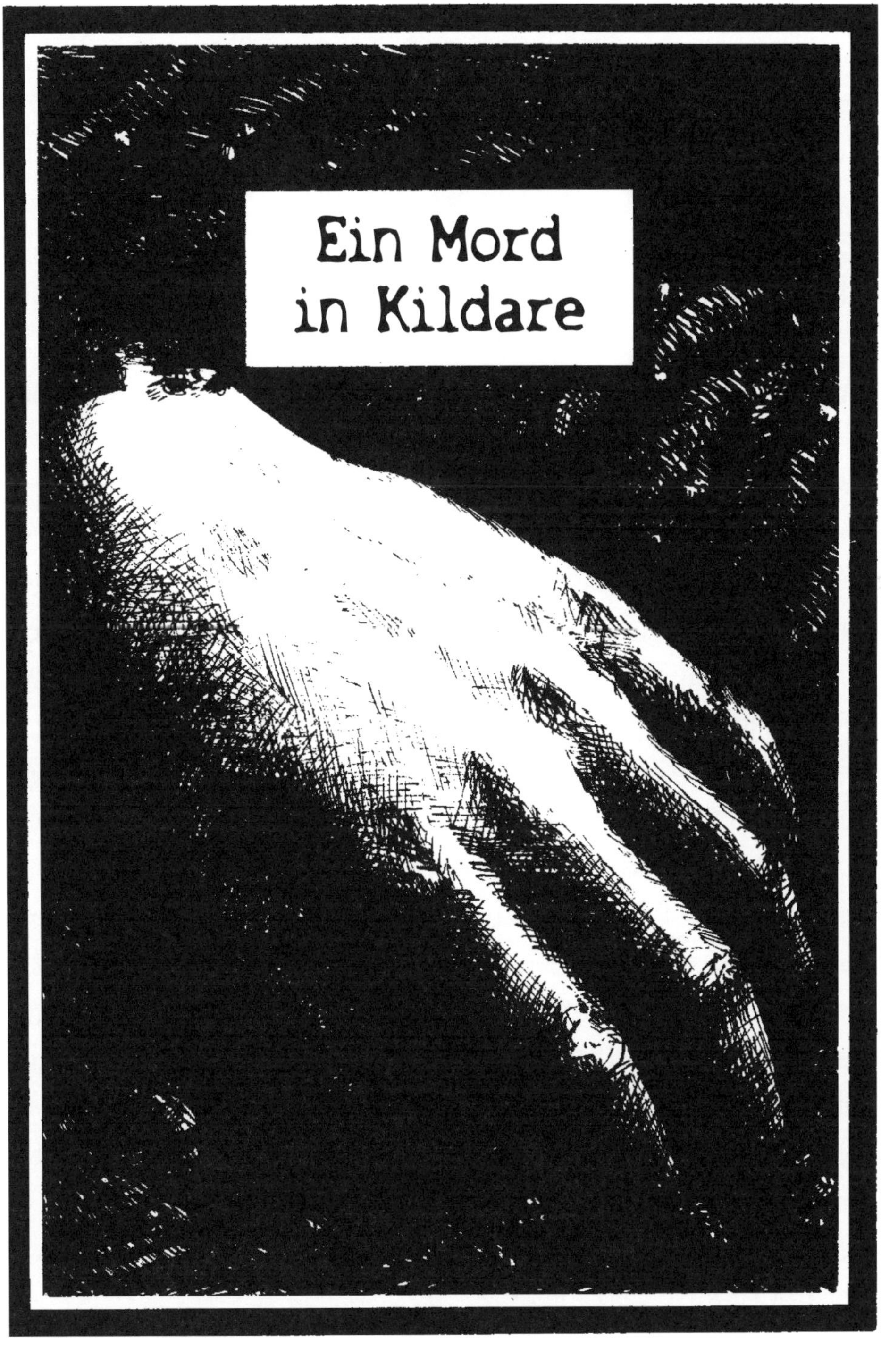
Ein Mord
in Kildare

Irland ist berühmt für seine Verbindung mit dem Übernatürlichen. In Irland ist kein Verbrecher vor den Launen des Schicksals sicher. Auch der Mörder von County Kildare wurde vom Schicksal überführt ...

Kildare, Irland – 1880

Der Tote hätte auf immer verborgen bleiben sollen. Er war in einem flachen Grab unter dem feinen, grünen Rasen begraben.

Aber dies war Irland.

Patrick Freeley und sein Sohn Sean verließen ihr Cottage, gingen quer über die Felder und begannen ihre hölzernen Spaten in den Rasen zu stoßen. Direkt unter der Oberfläche befand sich das Gemisch aus braunen und verfaulten Pflanzen – Torf. Es würde trocknen und einen ausgezeichneten, langsam brennenden Brennstoff abgeben, der sie durch den Winter bringen würde.

„Vater!“, rief Sean plötzlich. „Ich habe meinen Spaten zerbrochen!“

Der alte Mann richtete sich auf und rieb sich den schmerzenden Rücken. „Du warst schon immer ein unvorsichtiger Bursche, Sean“, seufzte er.

„Nein, Vater. Ich bin auf etwas Hartes unter dem Rasen gestoßen“, erwiderte der Junge.

„Wahrscheinlich ein Baumstamm. Ich grab ihn für dich aus“, bot Patrick an.

Er schob den Spaten vorsichtig in den Torf und fand das feste Objekt, das den Stich blockiert hatte. Der alte Mann schob den Spaten darunter. Mit einem festen Ruck seiner kräftigen Handgelenke schleuderte er es aus der Erde.

„Heilige Mutter Gottes!", stöhnte Sean und bekreuzigte sich schnell.

Sein Vater trat einen Schritt zurück, und das Ding fiel in sein Torfgrab zurück. Eine schlaffe, weiße Hand am Ende eines Armes, der schon lange tot war. Patrick murmelte ein schnelles Gebet und begann dann den Rest der Leiche auszugraben.

Er entfernte den Rasen so vorsichtig wie eine Krankenschwester einen Verband entfernen würde. Die Kleider waren dunkel verfärbt, weil sie so lange in ihrem feuchten, braunen Grab gelegen hatten. Sie kamen dem sechzehnjährigen Sean merkwürdig altmodisch vor.

Das Gesicht sah aus wie ein blasser, trauriger Mond. Es wirkte noch genauso frisch wie am Tag, als der Mann gestorben war. Patrick kniete auf der feuchten Erde und bürstete sachte die Torffäden aus dem jungen Gesicht.

„Ah, Michael", murmelte er. „Gott sei Dank, dass du tot bist."

„Du kennst ihn, Vater?", fragte Sean.

Patrick stand auf, und sein zerfurchtes Gesicht war von Schmerz gezeichnet. „Ja. Und auch seinen Vater, den armen alten Tom Deeley. Ich wünschte, der alte Tom hätte lange genug gelebt, um dies zu sehen."

„Um seinen Sohn tot zu sehen?“ Sean schnappte nach Luft. „Welcher Vater, würde seinen eigenen Sohn tot sehen wollen?“

„Tom Deeley“, sagte Patrick. Er nahm ein Stück Rasen und legte es vorsichtig über das Gesicht des Toten. Ein Zeichen des Respekts, bevor er aufstand und über die zerfurchten Hügel sah. „Wir wollen die Sache der Polizei überlassen.“

Die beiden Torfstecher brachen auf und gingen den braunen Pfad entlang zwischen den grünen Böschungen zur nächsten Stadt. „Der junge Michael Deeley war ein wilder Bursche“, begann Patrick. „Voll Spaß und Schabernack, aber nicht wirklich böse. Und er hatte einen Traum: nach Amerika auszuwandern und dort reich zu werden. Er bemühte sich verbissen, genug Geld zusammenzusparen. Aber es war damals noch härter als heute, Geld zu sparen. Als er verschwand, sagten die Leute, er sei nach Amerika gegangen.“

„Aber, Vater, warum hast du vorhin gesagt, es ist gut, dass er tot ist?“, fragte Sean.

„Der junge Michael hatte angeboten, für mich zwei Ochsen zum Markt zu führen. Er hatte so was schon früher für mich getan, und ich vertraute ihm. Er würde sie am Markt verkaufen und mir das Geld bringen. Das ersparte mir die Reise, und ich würde ihm eine Kleinigkeit für seinen amerikanischen Traum geben. Aber dieses letzte Mal kam er nicht zurück. Ich ging zu Tom Deeleys Haus, um nachzusehen, ob er heimgekommen war. Er war nicht zurückgekommen, und wir warteten bis Mitternacht. Wir dachten, er sei vielleicht für einen oder zwei Drinks auf dem Markt geblieben …“

„Aber er kam nie mehr nach Hause?“, fragte Sean.

„Nein. Natürlich war der alte Tom ziemlich besorgt, dass Michael verschwunden war. Wir dachten, er sei vielleicht auf dem Weg nach Hause überfallen worden. Aber was Tom Deeley wirklich schmerzte, war, dass die Leute anfingen herumzuerzählen, der junge Michael sei nach Amerika gegangen“, erklärte Patrick.

Sean nickte. „Er könnte deine beiden Ochsen verkauft, das Geld eingesteckt und das nächste Schiff genommen haben.“

„Genau. Ich selbst habe das nie geglaubt, aber es hat den alten Tom tief getroffen, dass die Leute seinen Sohn einen Dieb nannten“, sagte der Mann. „Und er konnte nichts tun, um das Gegenteil zu beweisen. Die Schande hat ihn früh ins Grab gebracht. Wie ich sagte, er hätte seinen Sohn lieber tot gesehen denn als Dieb gebrandmarkt. Und das Dorf hat den jungen Michael Deeley nie ganz vergessen. Erst letzte Woche haben wir im Gasthaus von ihm gesprochen.“

„Das ist aber merkwürdig, Vater“, sagte der Junge.

„Weißt du, letzten Monat waren es genau einundzwanzig Jahre, seit Michael verschwand. Wie du weißt, kann man sich für einundzwanzig Jahre zum Dienst in einer amerikanischen Stadt verpflichten und dann mit einer großen Pension zur Ruhe setzen. Wenn Michael nach Amerika gegangen wäre, dann könnte er jetzt mit dem Geld, von dem er immer geträumt hat, aus Amerika zurückkommen.“ Der Mann seufzte. „Wenigstens kann er jetzt zum Dorffriedhof zurückkehren und bei seinen Eltern liegen.“

Die Torfstecher schwiegen und gingen die sieben Meilen bis zur nächsten Stadt.

Polizeisergeant Shannon hatte nicht vor, sieben Meilen zu Fuß zu gehen, um sich die Leiche eines lang verstorbenen Menschen anzusehen. „Wir nehmen das Pony und den Wagen!", erklärte er. So machte er sich mit den Freeleys auf den Weg zu dem einsamen Grab.

„Ja!", rief Sergeant Shannon über das Geratter der Räder hinweg. „Ich wünschte, der alte Tom hätte das noch erlebt!"

„Dasselbe hab ich gerade zu meinem Sohn Sean gesagt", stimmte Patrick Freeley ihm zu.

„Ho!", rief der Polizist und zog die Zügel des geduldig dahintrabenden Ponys an. Ein Fremder stand am Rande des schmalen Pfads, um den Karren vorbeizulassen. Aber Polizeisergeant Shannon gehörte zu der Sorte Mensch, die gerne jedermanns Angelegenheiten kennt.

„Guten Tag!", rief er. „Gehen Sie in unsere Richtung, Sir, und können wir Sie mitnehmen?"

Der Fremde lächelte. „Wahnsinnig nett von Ihnen", grinste er und kletterte auf den Karren.

„Sie sind Amerikaner?", fragte ihn der Sergeant neugierig.

„Nein, ich habe nur einundzwanzig Jahre lang dort gelebt und wohl den Akzent angenommen", sagte der Mann. „Ich stamme aus County Kildare."

Sergeant Shannon bemerkte den feinen Tuchanzug des Mannes und das bestickte Wams.

„Sie müssen in Amerika einen guten Job gehabt haben!"

Der Fremde reckte sein kräftiges Kinn vor und sagte stolz: „Einundzwanzig Jahre bei der Bostoner Polizei. Bin bis zum Lieutenant aufgestiegen."

„Ah, Sie sind Polizist!", sagte Sergeant Shannon erfreut. Während der übrigen Fahrt erzählte er dem Fremden von seinen eigenen Großtaten im Polizeidienst in Kildare.

Eine Stunde später rief Patrick Freeley: „Stopp, Sergeant Shannon!" Der Polizist hielt den Wagen an.

„Warum halten wir an?", fragte der Fremde.

„Ah, das ist ein Fall, der Sie vielleicht selbst interessiert!", rief der Sergeant. „Sie als berühmter Polizist aus Boston können mir vielleicht helfen, das Geheimnis des Mannes im Torf zu lösen!"

„Welcher Mann?"

„Kommen Sie mit und sehen Sie selbst", drängte ihn der Sergeant.

Langsam und zögernd folgte der Fremde den drei Männern zu dem seichten Grab unter dem Rasen. Er schwieg, während der irische Polizist das Rasenstück von Michael Deeleys Gesicht nahm. Sergeant Shannon legte eine Hand unter den Kopf des Toten, um ihn aus dem Grab zu heben. „Der Schädel ist am Hinterkopf zertrümmert! Das weist auf Mord hin, was denken Sie?"

Der Fremde war so bleich geworden wie der Tote. „Er sollte ein Skelett sein", flüsterte er voll Entsetzen. „Er hätte schon vor Jahren bis zur Unkenntlichkeit verwest sein müssen!“ Sein Mund stand weit offen, und die violetten Hügel spiegelten sich in seinen Augen.

Der Sergeant nickte. „Das sind die Mineralien im Torf, sagt man. Konservieren den Körper wie eine Mumie. Aber das ist jedenfalls die Leiche von Michael Deeley!“

Dann geschah plötzlich etwas Seltsames und Grauenhaftes. Als der Sergeant den Kopf weiter nach vor schob, klappte die Leiche in der Mitte zusammen, und ein Wasserstrahl schoss aus ihrem Mund.

Das Wasser ergoss sich auf die feinen, braunen Stiefel des Fremden, der einen erstickten Schrei ausstieß. „Nein, Michael! Michael, vergib mir!“

Sergeant Shannon fragte: „Sie kennen diesen Mann?“

Die Augen des Fremden starrten gebannt auf die Leiche, und er sprach hastig; sein irischer Akzent war jetzt stärker denn je. „Er sieht genauso aus wie an dem Tag, als ich ihn getötet habe. Er war so stolz auf das Geld, das er am Markt verdient hatte. Zehn Pfund für die beiden Ochsen. Zehn Pfund. Und alles, was ich für meine Überfahrt nach Amerika brauchte, waren zehn Pfund. Also folgte ich ihm. Ich folgte ihm, als er im Dunkeln nach Hause ging. Ich schlug ihn mit einem Ast über den Schädel – ich wollte ihn nicht töten!“

„Aber Sie haben ihn getötet“, sagte der Sergeant, und seine Stimme war so kalt wie das Grab von Michael Deeley.

„Ich habe ihn getötet. Ich habe ihn hier begraben … Ich ging nach Amerika. Ab und zu schrieb ich nach Hause. Man hat mir nie erzählt, dass die Leiche gefunden wurde! Ich dachte, ich sei in Sicherheit!“

„Sie werden für diesen Mord hängen!“, sagte Sergeant Shannon.

Der Fremde nickte. „Michael hat nur auf diesen Moment gewartet, nicht wahr, Michael, das hast du?“, flüsterte er.

„Michael konnte warten“, sagte Patrick Freeley bitter. „Eine Schande ist nur, dass es sein armer alter Vater Tom nicht konnte.“

Sergeant Shannon nahm den Fremden grob am Arm. „Du hast Recht, Patrick. Ich wünschte, der alte Tom Deeley hätte lange genug gelebt, um dies zu sehen.“

Der Fremde war zu erschüttert, um den Mord zu leugnen. Die „Gerechtigkeit“ hatte sich einundzwanzig Jahre Zeit gelassen, ihn zur Rechenschaft zu ziehen. Er starb durch die Schlinge des Henkers.

DIE FAKTEN

Irischer Horror

1. Irische Legenden sind berühmt für ihre „Feen“ – aber diese Feen sind keine lieben kleinen Mädchen mit Flügeln und Zauberstäben. Sie sind fast so groß wie Menschen – manchmal sogar größer – und sind diesen nicht immer freundlich gesinnt. Sie können dich mit ihrer verführerischen Musik in ihr Reich locken und dort als Sklaven halten.

2. Es gibt eine irische Geschichte, die von einem Mann handelt, dessen Frau von Feen entführt wurde. Er konnte sie nur befreien, indem er ihr einen Krug mit frischer Milch über die Schulter warf, wenn sie an Halloween an ihm vorüberritt. Unglücklicherweise enthielt die Milch zwei Wassertropfen, und daher wirkte der Zauber nicht. Die Frau fiel vom Pferd, und die Feen versammelten sich um sie. Sie verschwand … und hinterließ eine grausige Blutspur auf der Straße. Das war die Rache des Feenvolkes.

DIE FAKTEN

3. Irische Friedhöfe können auch gefährlich sein. Ein junger Mann ging zum Begräbnis seiner Geliebten. Als er allein an ihrem Grab stand, kam eine junge Frau vorbei und sprach ihn an. Sie nahm ihm das Versprechen ab, sie dort in drei Wochen wiederzusehen. Dann bat sie ihn, das Versprechen mit einem Kuss zu besiegeln. Als er sie küsste, verwandelte sich ihr Kopf in einen Totenschädel. Der grausige Anblick ließ ihn den Verstand verlieren. Innerhalb von drei Wochen starb er. Man trug ihn zu Grabe – so hielt er sein Versprechen, die junge Frau auf dem Friedhof wiederzusehen.

4. Das irische Wort für Fee ist *banshee*. Aber *banshee* hat auch noch eine andere Bedeutung. Es ist der Geist, der eine bestimmte Familie heimsucht. Wenn ein Familienmitglied stirbt, erscheint der *banshee* und lässt einen furchtbaren Jammerlaut ertönen. Daraufhin stirbt sicher jemand aus dieser Familie.

DIE FAKTEN

5. Der Glaube an das Feenvolk hat zumindest einen grauenhaften Todesfall in Irland verursacht. Michael Cleary war überzeugt, dass seine Frau von Feen entführt worden sei. Die Frau, mit der er lebte, war seiner Ansicht nach nicht seine Frau, sondern eine Fee, die geschickt worden war, ihren Platz einzunehmen. Er folterte seine arme Frau, indem er sie über einem offenen Feuer röstete. Acht Mitglieder ihrer eigenen Familie halfen ihm dabei. Michael Cleary schwor, dass es nicht seine Frau gewesen sein konnte, die sie umgebracht hatten – die Tote war fünf Zentimeter größer als seine Frau, also musste sie eine Hexe oder Fee gewesen sein. Er wurde zu zwanzig Jahren Zwangsarbeit verurteilt, die anderen zu Gefängnisstrafen.

Die
Leichenräuber

Manche Menschen tun einfach alles, um zu Geld zu kommen. Vor zweihundert Jahren taten sie das Scheußlichste überhaupt – sie verkauften Leichen.

Edinburgh, Schottland – 1827

„Guten Morgen, Mr Desmond. Zeit aufzustehen!“ William Hare war der Leiter der alten Pension. Er trat den alten Mann mit dem Fuß. Der alte Desmond rührte sich nicht. Das Einzige, was sich auf der schmutzigen Strohmatratze bewegte, waren die Flöhe.

„Na, kommen Sie schon, Mr Desmond! Die anderen sind alle schon auf der Straße und betteln!“ Hare kicherte. Er hatte dieses Kichern nie kontrollieren können. Er rieb sich die rauen Hände und sah sich stolz im Zimmer um. Obwohl der Raum nur zwei mal drei Meter groß war, war es ihm doch gelungen, darin drei Betten unterzubringen. Er vermietete die Betten an je drei Männer und Frauen und erwirtschaftete dadurch einen fetten Gewinn.

Aber mit solchen Leuten wie dem alten Desmond konnte er keinen Gewinn machen. Der Mann war zu schwach, um zu betteln. Er hatte schon wochenlang nicht gezahlt. William Hares Augen verengten sich.

„Wir wollen Sie doch nicht hinauswerfen, was, Mr Desmond?“ Der alte Mann antwortete nicht.

„Sie schulden mir bereits drei Pfund.“ Hare stieß den alten Mann kräftiger an. Dann beugte er sich nieder und schüttelte ihn. „Stehen Sie also auf und verdienen Sie sie sich das Geld!“

Aber der alte Mann war steif und kalt.

Hare stieß einen Wutschrei aus. „Tot! Tot – und schuldet mir drei Pfund!“

Die Tür ging auf, und ein kleiner, dunkelhaariger Mann sah herein. „Etwas nicht in Ordnung, Mr Hare?“, fragte William Burke. Er hatte einen kleinen Hammer und ein Stück Leder in der Hand. Burke reparierte alte Schuhe und verkaufte sie auf der Straße. Hare hatte ihm ein winziges Zimmer hinten im Haus vermietet, wo er nun seine Werkstatt hatte.

„Nicht in Ordnung? Ja, allerdings ist hier was nicht in Ordnung. Der alte Desmond hier ist tot!“, knurrte Hare.

„Möge Gott sich seiner Seele erbarmen“, murmelte Burke und bekreuzigte sich.

Hare brach plötzlich in wildes Gekicher aus. „Möge sich Gott meiner erbarmen!“, kreischte er. „Der Mann schuldet mir mehr als drei Pfund – fast vier!“

„Das ist traurig, Mr Hare“, stimmte Burke zu. „Wenn Sie wollen, rufe ich den Küster, damit der alte Desmond begraben wird.“

William Burke und William Hare betranken sich gemeinsam. Sie saßen auf dem Boden von Burkes kleiner Schusterwerkstatt und starrten auf den rohgezimmerten Sarg.

„Sag´s mir noch einmal“, sagte Hare leise. „Wie kriege ich mein Geld von dem alten Mann?“

„Verkauf seine Leiche“, sagte Burke vorsichtig.

„Verkauf seine Leiche …“ Hare nickte und kicherte. „Willst du sie kaufen, Burke?“

„Kann nichts damit anfangen. Aber es heißt, dass die Ärzte in der Stadt Leichen brauchen – und sie zahlen gut dafür.“

„Vier Pfund?“

„Vier Pfund – zwei für dich und zwei für mich“, sagte Burke.

„Können wir das tun?“, fragte Hare.

„Nein“, sagte sein Mieter. „Legal können wir das nicht tun. Es muss heimlich geschehen.“

„Aber sie kommen morgen, um ihn zu begraben“, erwiderte Hare.

„Wir füllen seinen Sarg mit Gerümpel aus meiner Werkstatt. Niemand wird etwas merken.“

Hare nickte. „Gib mir deinen Hammer, Burke“, sagte er und begann die Nägel des Sargdeckels zu bearbeiten.

Doktor Knox sah Burke und Hare mit einem Anflug von Ekel an. „Die Leiche ist in keinem guten Zustand“, sagte er. „Ich kann nur sieben Pfund dafür bieten!“

Burkes Kiefer klappte vor Überraschung nach unten. Hare brach wieder einmal in unkontrolliertes Gekicher aus. „Sieben Pfund!“

Der Arzt missverstand ihn. Er glaubte, das Angebot sei ihm zu niedrig. „In Ordnung. Sieben Pfund und zehn Schilling. Nicht einen Pfennig mehr!“

„Wir nehmen es, Sir!“, sagte Burke schnell.

„Aber nehmen Sie das Hemd mit“, sagte Doktor Knox.

„Das Hemd?“ Burke starrte ihn an. „Das wollen wir nicht, Sir.“

„Sie dummer Kerl!“ Dem Arzt platzte der Kragen. „Der Körper eines toten Menschen gehört niemandem – zumindest keinem Lebenden. Wenn Sie einen verkaufen, so ist das ein Verbrechen, wenn ich einen kaufe, ist das keines. Mit dem Hemd ist es etwas anderes. Das Hemd gehört dem alten Mann. Wenn man mich dabei erwischt, wie ich das Hemd kaufe, gehe ich ins Gefängnis.“

Hare schüttelte verwirrt den Kopf.

„Wenn Sie mir wieder Leichen bringen, dann gleich unbekleidet“, sagte der Arzt.

„Mehr?“, sagte Burke scharf. „Sie wollen mehr?“

„Wir brauchen immer welche“, antwortete der Arzt.

„Warum, Sir?“, fragte Hare mit albernem Grinsen.

„Dies hier ist eine medizinische Fakultät“, erklärte der Arzt. „Wie sollen wir die Kranken heilen, wenn wir nicht verstehen, wie der Körper funktioniert? Sie wollen doch sicher nicht von uns zerschnitten werden, solange Sie noch leben, oder?“ Hare erschauerte, schüttelte den Kopf und kicherte nervös.

Doktor Knox seufzte. „Nach dem Gesetz dürfen wir nur die Leichen von Gefangenen verwenden. Aber das sind so wenige. Manche Leute haben begonnen, Tote auf Friedhöfen auszugraben“, fügte er mit leiser Stimme hinzu. „Verstehen Sie, ich will nicht wissen, woher Sie Ihre Leichen haben. Bringen Sie sie einfach her.“ Plötzlich richtete er seinen dünnen

Finger auf die Männer. „Sie erweisen der Medizin einen großen Dienst."

„Danke, Sir." Burke lächelte.

„Danke, Sir." Hare schauderte, als sie zur Tür gingen. Die beiden Männer traten hinaus in die dunkle Edinburgher Nacht.

Burke und Hare waren übel gelaunt und ruhelos.

„Sieben Pfund, futsch und weg", stöhnte Burke.

„Futsch und weg", kicherte Hare.

„Schade, dass der alte Desmond nicht mehr bei uns ist", seufzte Burke.

„Ja, dann könnte er krank werden und sterben", stimmte ihm Hare zu. Die beiden Männer saßen schweigend zusammen.

„Der alte Joseph ist krank", sagte Burke leise.

„Krank, aber nicht tot", erinnerte ihn Hare.

„Ja, nicht tot – noch nicht", sagte Burke. Die Stille legte sich zwischen sie wie der Staub auf dem schmutzigen Tisch.

„Er wird bald tot sein", fuhr Burke fort.

„Nicht bald genug für mich", fügte Hare verschlagen hinzu.

„Und auch nicht bald genug für Joseph selbst", fügte Burke sanft hinzu. „Es kann für die arme Seele nicht angenehm sein, so zu leiden."

Hares kleine Augen begannen zu glitzern, als er verstand, was Burke meinte. „Der Tod wäre für ihn eine Erlösung", sagte er vorsichtig.

Burke und Hare sahen einander in die Augen. „Eine Erlösung. Josephs Freunde meinen es gut mit ihm – sie helfen ihm beim Sterben."

„Verhungern lassen", schlug Hare vor.

„Zu langsam."

„Vergiften?"

„Zu schmerzhaft."

„Warten, bis er schläft …"

„… und ihn dann ersticken!"

„Gib mir das Kissen, Burke."

Doktor Knox gab den beiden Männern zehn Pfund für dic Leiche des alten Joseph. Er stellte keine Fragen und schien nicht zu merken, wie der alte Mann gestorben war. Doktor Knox fand, sie seien verlässliche Leichenräuber. Aber sie waren keine Leichenräuber. Sie waren Mörder.

Sie nahmen keine Toten, sie machten Tote.

Immer mehr Arme verschwanden in Edinburgh, Monat für Monat – vierzehn … fünfzehn … sechzehn …

Burke und Hare fingen an, Schwache und Betrunkene in ihre Pension zu locken. Manchmal hatten sie die unwahrscheinlichsten Verbündeten bei ihrer Arbeit. Eines Nachts fand der Polizist Andrew Williamson eine betrunkene alte Frau schlafend im Rinnstein liegen.

„Kommen Sie, Lady, ab ins Gefängnis. Wir geben Ihnen eine Holzpritsche und cine Schüssel kalten Haferbrei."

Er hievte sie auf die Füße und schleppte sie die Straße hinunter. Eine Gestalt trat aus dem Schatten.

„Guten Abend, Inspektor“, sagte William Burke leise.

„Ah!“, ächzte der Polizist. „Guten Abend, Mr Burke.“

„Wen haben wir denn da?“ Der Leichenräuber holte tief Luft.

„Ein altes Mütterchen, das zu viel Gin getrunken hat.“

„Sie bringen sie nach Hause, wie?“, fragte Burke.

„Ins Gefängnis“, ächzte Inspektor Williamson und versuchte, die alte Frau aufrecht zu halten.

„Ah, aber ihre Familie wird sich Sorgen machen.“ Burke runzelte die Stirn. „Wenn Sie wollen, werde ich sie nach Hause bringen. Ich weiß nämlich zufällig, wo sie wohnt.“

Der junge Polizist strahlte. „Aber, Mr Burke! Das ist wirklich sehr freundlich von Ihnen“, und er übergab die lallende Frau dem Leichenräuber.

„Gute Nacht, Mr Burke“, sagte der Polizist und lächelte. „Und danke!“

„Nein.“ Burke kicherte in sich hinein. „Ich danke Ihnen!“

Und so führte er ein weiteres Opfer in die Pension.

Als sie auf dem verlausten Bett lag und schlief, legte sich Burke auf sie und hielt ihre Arme und Beine fest. Dann legte Hare seine große Hand über ihren Mund und hielt ihr die Nase zu. Die alte Frau kämpfte gegen Burkes schweres Gewicht. Langsam wurde ihr Kampf schwächer, bis er ganz aufhörte. Wie viele andere war sie erstickt. Noch bevor die

Sonne am nächsten Morgen aufging, lag ihr gebrechlicher Körper in einer Kiste im Hause des Chirurgen.

Nicht bei allen Opfern war es so einfach. Eine alte Frau hatte ihren taubstummen Enkel bei sich. Sie töteten die Frau und wollten den armen Jungen freilassen – schließlich konnte er nicht reden, um den Vorfall zu berichten. Aber der Junge war unruhig und machte Schwierigkeiten. Burke war besorgt, dass er irgendwie die Polizei in die Pension führen könnte, und so töteten sie auch ihn.

Burke und Hare wurden immer gieriger und sorgloser. Eines Tages erhielt die Polizei einen grausigen Bericht. Ein Ehepaar namens Grey hatte in der Pension übernachtet und sich dort mit einer alten Dame namens Docherty unterhalten. Am nächsten Morgen war die alte Dame verschwunden. Als Mrs Grey in das Schlafzimmer der alten Dame ging, sah sie Blut auf dem Bettstroh. Und unter dem Stroh sah ein lebloser Arm hervor – er gehörte der toten Mrs Docherty.

Die Greys ließen die Leiche liegen, und Mr Grey ging zur Polizei. Inspektor Fisher führte die Untersuchung.

„Wann haben Sie Mrs Docherty zum letzten Mal gesehen?"

„Gestern Abend um sieben Uhr", log Burke. „Sie verließ am Abend das Haus, und seitdem hat sie niemand mehr gesehen."

Der Inspektor hielt Burke für einen ehrlichen Mann. Er glaubte ihm zunächst und suchte Burkes Frau auf, um auch sie zu befragen.

„Wann haben Sie Mrs Docherty zuletzt gesehen?"

„Ah, um sieben Uhr heute früh", antwortete sie ihm. „Sie hat heute Nacht bei uns geschlafen."

Inspektor Fisher war verwirrt. Einer der beiden musste lügen. Die Leiche der alten Frau wurde in Knox´ Chirurgie gefunden. Der Polizeiarzt untersuchte sie und stellte fest, dass Mrs Docherty vielleicht erstickt worden war – aber sie konnte auch an einer natürlichen Ursache gestorben sein.

Die Polizei war sich sicher, dass Burke und Hare des Mordes schuldig waren. Aber eine tote alte Frau und ein paar Lügen reichten nicht für eine Mordanklage aus. Was sie brauchten, war jemand, der einen Mord gesehen hatte. Einen Zeugen.

Und es gab einen Zeugen. Er hatte Burke mehr als einen Mord begehen sehen. Wer war der Zeuge? Burkes alter Partner, William Hare. Der verängstigte Hare war nämlich einen Handel mit der Polizei eingegangen – sie hatten ihm die Freiheit zugesagt, wenn er gegen Burke aussagte. Der feige Hare war einverstanden.

Am 28. Januar 1829 wurde William Burke gehängt. Seine Verbrechen taten ihm leid – aber er war immer noch verärgert, dass Knox ihm nicht den vollen Preis für seine letzte Leiche gezahlt hatte. Von dem Geld hätte er sich einen Mantel für die Hinrichtung kaufen können!

Eine Menschenmenge hatte sich versammelt, um Burke sterben zu sehen. Sie brüllte dem Mann ihren Hass entgegen, der, wie sie sagten, dreißig unschuldige Menschen umgebracht hatte. Seine Leiche wurde den Ärzten zum Sezieren übergeben.

Die Straßen von Edinburgh waren nun für die Bewohner der Stadt ein wenig sicherer.

DIE FAKTEN

Leichenraub

1. Familien versuchten ihre toten Verwandten zu schützen, indem sie die Särge in Stahlkäfigen begruben, damit sie nicht ausgegraben werden konnten.

2. Manche Friedhöfe hatten Wachtürme und bewaffnete Wächter. Die Wächter waren oft nervös, wenn sie die ganze Nacht allein auf dem Friedhof standen. Oft schossen sie auf alles, was sich bewegte. Das erklärt, warum ein Friedhofswächter in Aberdeen ein Schwein erschoss.

3. Leichenräuber konnten sich ein Zugeld verdienen, wenn sie die Zähne der Leichen an Zahnärzte verkauften. Diese Zähne wurden dann für Zahnprothesen weiterverwendet.

DIE FAKTEN

4. Leichenräuber arbeiteten oft in Gruppen. Sie hielten ihre Identität geheim, indem sie Spitznamen verwendeten, zum Beispiel „Lausiger Jack“, „Betender Howard“, „Löffel“ (für einen, der einen eigenartigen Spaten verwendete), „Maulwurf“ (für einen, der besonders gut graben konnte), „Die Schraube“ und „Fröhlicher Andrew“.

5. Der „Löffel“ und der „Maulwurf“ waren auf den „Fröhlichen Andrew“ böse, weil sie der Meinung waren, er habe sie um ihren Anteil am Leichenraub betrogen. Als die Schwester des „Fröhlichen Andrew“ starb, nahmen sie sich vor, ihre Leiche zu rauben und zu verkaufen. Der „Fröhliche Andrew“ erriet ihren Plan und ließ sie die Tote ausgraben. Als sie damit fertig waren, sprang er mit einem weißen Leintuch bekleidet hinter dem Grabstein hervor. Die beiden rannten davon. Der „Fröhliche Andrew“ trug seine eigene Schwester zum Chirurgen und verkaufte sie.

DIE FAKTEN

6. Henry und George, zwei Medizinstudenten, verliebten sich in dasselbe Mädchen. Sie entschied sich für Henry und war todunglücklich, als dieser starb. Tagelang weinte sie an seinem Grab. George war so eifersüchtig, dass er Henrys Leiche stehlen ließ und verkaufte. Er machte sich ein Vergnügen daraus, das Mädchen am Grab weinen und beten zu sehen. Nur er wusste, dass das Grab leer war!

7. Die Profis unter den Leichenräubern verwendeten hölzerne Spaten, da diese leiser waren als metallene.

8. Leichenräuber waren auch unter dem Namen „Einsackler“ bekannt, weil sie die Toten erst ausgruben und dann in Säcke steckten.

9. Bald nachdem Burke und Hare verhaftet wurden, hörte der Leichenraub auf. Das Gesetz wurde geändert und ermöglichte es den Ärzten, auf legale Weise an mehr Leichen zu kommen.

Die Hexen-
hinrichtung

Charles Walton war ein eigenbrötlerischer alter Mann. Aber verdiente er einen so schaurigen Tod? Und warum konnte Englands bester Kriminalinspektor den Mörder nicht vor Gericht bringen?

**Lower Quinton, Warwickshire,
England – 14. Februar 1945**

„Was war der merkwürdigste Fall, den Sie je untersucht haben, Herr Kommissar?“, fragte die junge Reporterin.

Der alte Polizist lachte leise. „Ex-Kommissar“, sagte er. „Ich bin jetzt pensioniert.“

Gillian Clifford lehnte sich vor. Sie sagte eindringlich: „Sie werden immer der berühmteste Kriminalbeamte Englands bleiben, Herr Kommissar. Jeder hat von Fabian von Scotland Yard gehört. Die Fälle, die Sie gelöst haben …“

„Und die ich nicht gelöst habe …“ Robert Fabian nickte.

„Zum Beispiel den Hexenmord von Lower Quinton?“, sagte die junge Frau eifrig. „Was ist wirklich geschehen?“

Der pensionierte Polizist schüttelte den Kopf. „Das kann ich Ihnen nicht sagen.“

Das Mädchen war erstaunt. „Aber Sie wissen es?“

„Ich habe keine Beweise … und Sie können meine Gedanken nicht drucken“, lächelte er.

Die Reporterin schloss ihr Notizbuch. „Ich werde nichts veröffentlichen. Aber ich möchte es wahnsinnig gern wissen. Bitte, erzählen Sie es mir.“

Der Mann seufzte. Er zog an seiner kalten Pfeife und sah zum Fenster hinaus auf den milchigweißen Winterhimmel. „Es war etwa zu dieser Jahreszeit. Es war am Valentinstag … aber es war nicht ein Tag der Liebe, sondern der Tag des Todes.“

„Und der Hexenkunst“, erinnerte ihn die Reporterin.

„So sagt man. Das war natürlich wegen der alten Geschichte. Im Jahre 1875 hatte ein Mann eine alte Frau getötet, indem er sie mit der Mistgabel auf den Boden spießte. Dann ritzte er ihr das Kreuzzeichen in die Kehle. Er behauptete, sie sei eine Hexe und deshalb habe er sie töten müssen. Das war nur ein paar Meilen von Lower Quinton entfernt.“

„Und Sie glauben, dass Charles Walton Hexenkunst betrieb und dass er deshalb 1945, siebzig Jahre später, auf die gleiche Art getötet wurde?“, fragte die Reporterin.

„Ich glaube nichts dergleichen, junge Dame.“ Robert Fabian runzelte die Stirn. „Ich denke, man wollte, dass wir das glauben.“

Er schloss die Augen und begann sich zu erinnern.

„Charles Walton war ein seltsamer alter Mann. Ein ziemlicher Einzelgänger, hieß es. Er lebte gemeinsam mit seiner Nichte Edith Walton. Er humpelte mit seinem Spazierstock umher, aber er war noch immer fit genug, um als Heckenschneider zu arbeiten, wenn es das Wetter erlaubte.“

„Aber er hat doch behauptet, er könne zaubern, oder?“, fragte die junge Frau.

Fabian zog wieder an der Pfeife. „Wenn er etwas zu viel

Cider getrunken hatte, redete er Unsinn … Er behauptete, er könne mit den Tieren reden!“

„Cider ist ein Hexengetränk, oder?“, fragte die Reporterin.

Fabian von Scotland Yard schnaubte. „Ich kümmere mich nur um Fakten, Miss Clifford. Ich fand heraus, dass er im Dorf keine Feinde hatte. Ich erfuhr, dass er an jenem Morgen des Valentinstages von zu Hause wegging, um die Hecken von Bauer Albert Potter zu schneiden. Er hatte eine Heugabel und eine Sichel zum Heckenschneiden bei sich … und natürlich seinen Spazierstock. Er sagte Edith, er werde gegen vier Uhr zurück sein.“

„Und wann wurde er das letzte Mal lebend gesehen?“

„Das ist nicht so leicht zu beantworten. Albert Potter sagte, er sah zu Mittag jemanden Hecken schneiden. Er sagte, es sei Charles Walton gewesen. Der Heckenschneider war ungefähr eine Viertelmeile vom Hof entfernt“, sagte Fabian vorsichtig.

„Eine Viertelmeile? Potter muss gute Augen gehabt haben.“ Die junge Frau hielt vor Spannung die Luft an.

„Potter sagte, er habe die Hemdsärmel des Mannes gesehen, der die Hecke schnitt.“ Fabian schwieg für einen Moment. Er zog eine Augenbraue hoch. „Der alte Charles Walton trug aber ein ärmelloses Hemd.“

„Also hat Potter den Mörder gesehen!“, sagte die Reporterin aufgeregt. Der alte Kriminalbeamte antwortete nicht. Er sah nur aus dem Fenster und wartete. Gillian runzelte die Stirn. Welche andere Erklärung gab es? Langsam sagte sie: „Oder hat Potter gelogen?“

Fabian zuckte die Achseln. „Sie können das sagen. Ich konnte es nicht. Nicht ohne Beweise. Aber die Fakten waren, dass Edith um sechs Uhr am Abend von der Arbeit nach Hause kam. Das Haus war kalt und dunkel, und Onkel Charles war nicht da. Sie machte sich sofort Sorgen. Sie rief einen Nachbarn an, Harry Beasley, und gemeinsam gingen sie mit einer Lampe zu Potters Hof. Potter sagte ihnen, wo er jemanden die Hecke schneiden hatte sehen, und führte sie auf das Feld. Als sie zu einer alten Weide kamen, blieb Potter stehen. Er sagte Edith, sie solle nicht näher kommen. Dort lag Charles Walton … er war tot."

„Auf die gleiche Weise getötet wie die alte Frau siebzig Jahre zuvor", murmelte Gillian Clifford. „Einc Hcugabel hatte ihn auf den Boden gespießt, und ein Kreuzzeichen war in seine Kehle geritzt worden." Plötzlich kam ihr ein Gedanke. „Wie alt war Walton, als er starb?"

Der Kriminalbeamte lächelte: „Vierundsiebzig."

„Also war er etwa vier Jahre alt, als die alte Hexe ermordet wurde. Er muss davon gewusst haben!", sagte die junge Frau.

Fabian nickte. „Das macht einen guten Detektiv aus, Miss Clifford. Die richtigen Fragen stellen – die richtigen Verbindungen herstellen. Sie haben natürlich Recht! Wir haben die alten Polizeiakten von 1885 durchgesehen, als Charles Walton ein Junge war." Er schwieg.

„Und Sie haben etwas gefunden!", rief Gillian.

„Nichts, was uns half, seinen Mörder zu finden", seufzte dcr chcmalige Kriminalbeamte. „Aber doch etwas

Merkwürdiges, das gebe ich zu." Er zog nachdenklich an seiner Pfeife. „Wir fanden heraus, dass ein junger Pflüger einen schwarzen Geisterhund in der Nähe gesehen hatte. Er hatte ihn neun Nächte lang auf seinem Heimweg gesehen …"

„Und neun ist die Zahl des Teufels", ergänzte sie.

„So sagt man", stimmte ihr der Mann bei. „In der neunten Nacht verwandelte sich der Hund in eine kopflose Frau – und am nächsten Tag fiel die Schwester des Jungen, eine kerngesunde Frau, plötzlich tot um."

„Der schwarze Hund war das Zeichen für einen Todesfall in der Familie! Ein bekannter Aberglaube. Was hat das mit Charles Walton zu tun?", fragte sie.

„Der junge Pflüger, der von dem schwarzen Hund berichtete, war Charles Walton", sagte Fabian leise.

„Also hat er doch mit Hexerei zu tun!", beharrte die junge Frau.

Der Mann zuckte mit den Schultern. „Ich weiß nur, dass die Geschichte die Ortsbewohner erschreckte – besonders, als wir einen schwarzen Hund fanden, der in der Nähe des Mordes an einem Baum aufgehängt war."

„Also haben Sie nichts gefunden?"

„Wir haben keinen Grund gefunden, warum Charles Walton sterben musste. Niemand schien ein Motiv zu haben, einen stillen alten Mann umzubringen. Wir fanden Fingerabdrücke auf dem Griff der Heugabel – es waren die von Albert Potter. Er sagte, er habe versucht, die Heugabel aus der Leiche zu ziehen, als er sie fand – aber vergeblich."

„Das hätte er doch wirklich schaffen müssen.“ Gillian runzelte die Stirn.

Fabian lehnte sich vor und deutete mit dem Pfeifenstiel auf die junge Frau. „Miss Clifford, wir brauchten zwei starke Polizisten, um die Heugabel zu entfernen. Sie war gerade durch Charles Walton hindurchgegangen und hatte sich tief in die Erde gebohrt.“

Gillian erschauerte: „Also muss es ein sehr kräftiger Mensch gewesen sein. Seine Nichte konnte es nicht gewesen sein? Sie war es schließlich, die nach seinem Tod das Cottage erben würde, oder?“

Der Mann schüttelte den Kopf. „Sie war den ganzen Tag in der Arbeit … und Sie haben Recht. Es muss jemand sehr Kräftiger gewesen sein; mit großer Sicherheit war es ein Mann.“

„Hatte Walton Geld?“, fragte die junge Frau plötzlich.

„Nun, er war mit Geld sehr vorsichtig. Er hatte sich ein wenig erspart. Aber er hatte sicher keines bei sich, als er ermordet wurde. Er hatte nur eine Taschenuhr bei sich. Und die fehlte.“

„Er ist aber sicher nicht wegen einer Taschenuhr ermordet worden“, sagte die Reporterin.

„Nein. Außerdem wurde sie ein paar Jahre später in Waltons Garten gefunden. Nein, wir konnten kein Tatmotiv finden, das bei einer Gerichtsverhandlung standgehalten hätte. Die Legende vom schwarzen Hund ließ alle vor Angst schweigen. Wir bekamen keine wirkliche Hilfe von Seiten der

Dorfbewohner, und nachdem ein Polizeiauto einen schwarzen Hund überfahren und getötet hatte, wagte keiner, uns zu helfen. Es schien, als seien wir verflucht. Einige von ihnen wurden ziemlich krank, nachdem wir sie aufgesucht hatten", brummte der ehemalige Kommissar.

„Und Sie glauben immer noch, dass der Fall nichts mit Hexerei zu tun hatte?", fragte Gillian.

„Was ich weiß, ist, dass ich in der Nähe des Tatortes war, als ein großer, schwarzer Hund an mir vorbeilief. Ein Bauernjunge tauchte gleich nach ihm auf. Ich fragte ihn, ob er seinen schwarzen Hund suche. Er erstickte fast vor Angst und rannte davon", sagte Fabian und schüttelte langsam den Kopf.

„Wer war also der Mörder?", fragte Gillian.

Er lehnte sich wieder vor. „Finden Sie es selbst heraus. Wer könnte es gewesen sein?"

Die Reporterin runzelte nachdenklich die Stirn.

„Albert Potter! Aber aus welchem Grund?"

„Dazu komme ich gleich. Sagen Sie mir, wie er es getan haben könnte, und ich sage Ihnen, warum."

Gillian nickte. „Walton arbeitete auf Potters Feldern. Potter wusste, dass er dort war – er hat es den untersuchenden Kriminalbeamten gesagt. Aber er kann ihn nicht aus einer Viertelmeile Entfernung gesehen haben. Er hat ihn aus der Nähe gesehen … und hat die Geschichte mit den Hemdsärmeln erfunden." Sie machte eine Pause. „Er tötete Walton mit der Heugabel … Er war Bauer, daher war er wohl kräftig genug, um ihn so auf den Erdboden zu spießen. Potter ging auf seinen Hof zurück. Waltons Nichte kam spät in der Nacht dorthin, und Potter führte sie direkt zu der Leiche. Und selbstverständlich waren Potters Fingerabdrücke auf der Heugabel."

Fabian lächelte. „Sehr gut. Nicht genug, um den Mann vor Gericht zu bringen, aber genug, um ihn zu verdächtigen."

„Und das Tatmotiv?"

„Hier habe ich nur eine Vermutung. Keinerlei Beweise. Aber Sie erinnern sich an das ersparte Geld vom alten Walton. Ich kann Ihnen sagen, dass es Potters Hof zur Zeit des Mordes wirtschaftlich nicht sehr gut ging, und außerdem wettete er gern bei Pferderennen. Er war sicherlich in Geldschwierigkeiten. Edith Walton war der Meinung, dass Charles Walton Potter eine Menge Geld geliehen habe, natürlich alles in bar. Es gab keine Beweise dafür, als Walton tot war."

„Ich verstehe!", sagte Gillian eifrig. „Am Tag des Mordes ging Walton zu Potters Hof, um die Hecken zu schneiden und um sein Geld zurückzuverlangen. Die beiden Männer stritten sich. Potter hatte das Geld nicht. Sie kämpften miteinander. Potter ergriff die Heugabel und tötete den alten Walton!"

„Und warum ritzte er dann das Kreuz in die Kehle des alten Mannes, als er tot war?", fragte Fabian.

Die Reporterin schloss die Augen und versuchte sich zu konzentrieren. „Als Charles Walton tot war, erinnerte sich Potter an die alte Legende vom Hexenmord. Er wollte nicht, dass jemand nach einem wirklichen Tatmotiv suchte, zum

Beispiel Geld. Er wollte die Polizei irreleiten, damit sie nach einem Hexenmörder suchte!“

„Sehr gut, Miss Clifford. Natürlich haben wir dafür keine Beweise. Und solange Potter noch am Leben ist, können Sie nicht schreiben, was wir denken. Aber ich bin vollkommen sicher, dass der alte Walton nicht das Opfer von schwarzer Magie oder schwarzen Hunden wurde. Der wirkliche Grund war viel einfacher – und weniger interessant, fürchte ich.“

Die Reporterin nickte. „Schlicht und einfach Geldgier.“

DIE FAKTEN

Der Mord am Valentinstag

1. Warwickshire war im 16. und 17. Jahrhundert berühmt für schwarze Magie.

2. Eine alte Legende erzählt von einem Hügel in Warwickshire, Meon Hill, der vom Teufel geschaffen wurde. Der Teufel nahm einen riesigen Haufen Erde und warf ihn auf die neuerrichtete Abtei in Evesham. Das war im 8. Jahrhundert. Der heilige Edwin betete um Schutz für die Abtei. Der Erdhaufen fiel kurz vor der Abtei nieder und bildete Meon Hill. Die Leiche des alten Charles Walton wurde am Fuße von Meon Hill gefunden.

3. Das Erscheinen eines schwarzen Hundes soll ein Zeichen dafür sein, dass sich der Teufel in der Gegend aufhält. Manche Leute glauben, dass der Teufel die Gestalt eines schwarzen Hundes annimmt.

DIE FAKTEN

4. Das Kreuzzeichen (in die Kehle geritzt) war ein christliches Symbol, das verhindern sollte, dass der Teufel eine Hexe von den Toten auferstehen ließ.

5. Dem Eisen der Heugabel wurden starke magische Kräfte zugeschrieben, die böse Geister von einem Toten fernhalten sollten. Indem man die „Hexe“ am Boden festnagelte, konnten diese bösen Geister nicht mit der Toten davonfliegen.

Das verschwundene Dorf

Seit der erste Mensch zum Himmel hinaufsah und die Sterne betrachtete, ist die Menschheit fasziniert vom Leben in anderen Gegenden des Universums. Manchmal scheint die Existenz von außerirdischen Lebewesen die einzige Erklärung für seltsame und erschreckende Ereignisse auf unserem Planeten zu sein. Ereignisse wie jenes, das sich zu Beginn unseres Jahrhunderts in einem Dorf in Kanada zutrug ...

Anjikuni-See, Kanada – Winter 1930

Der Himmel war violettschwarz und schien endlos. Die Sterne glitzerten kalt wie Eissplitter. Der Wind schien noch kälter. Er stach den beiden Männern ins Gesicht, als sie unter dem Gewicht der erlegten Tiere, die sie sich über den Rücken geworfen hatten, nach Hause wankten.

Eiszapfen begannen sich im Bart des Älteren der beiden, Armand Laurent, zu bilden. Sein Sohn, Raoul, stolperte hinter ihm her und verfluchte die Dunkelheit, die ihn über Baumwurzeln fallen ließ. Noch eine Meile bis zur Schutz bietenden Hütte. Noch fünfzehn Minuten zu gehen.

Zuerst dachte Raoul, er habe Halluzinationen. Er glaubte, seine Augen hielten ihn zum Narren, als der Weg vor ihm in Blutorange getaucht wurde. Aber sein Vater blieb auch stehen und sah sich um. Selbst der gefrorene Bart seines Vaters glitzerte im Licht.

Armand sah seinen Sohn über die Schulter an. Raoul hatte

seinen Vater noch nie in Angst gesehen. Jetzt waren die Augen des alten Mannes weit aufgerissen und von Angst erfüllt.

Raoul ließ die gefrorenen Tierkörper auf den schneebedeckten Pfad fallen und drehte sich steif um. Er blinzelte zum Himmel hinauf. Die Sterne waren verschwunden. Ein anderes Licht, viel heller als sie, hatte sie verschluckt – ein gleißender Lichtstreifen, der so hell war wie ein glühender Schürhaken.

Das Licht hing etwa zwanzig Meilen weiter im Norden am Himmel. Zuerst begann es sich langsam zu bewegen, dann immer schneller. Es begann sich auf die beiden Trapper zuzubewegen. Raoul griff nach den toten Tieren und stolperte den Pfad hinunter. Sein Vater stolperte ihm nach.

Sie hörten nicht auf zu laufen, ehe sie die Holzhütte erreicht hatten. Aber zu diesem Zeitpunkt war das Licht zu einem sterngroßen Punkt geschrumpft und verschwand dann ganz. Armand schlug die Tür hinter sich zu und verriegelte sie fest.

Am nächsten Morgen standen sie auf und frühstückten. Danach häuteten sie die Tiere, die sie getötet hatten. Sie gingen ihren gewohnten Beschäftigungen nach wie zwei Schlafwandler. Sie wechselten kein Wort darüber, was sie gesehen hatten.

Drei Tage später wurde ihre Stille von einem Klopfen unterbrochen. Jemand schien mit einem metallenen Gegenstand an die Tür der Blockhütte zu schlagen.

„Hier ist die Königliche Kanadische Berittene Polizei! Könnte ich bitte mit Ihnen sprechen, Sir?“

Armand schob den Riegel zurück und blinzelte aus der schummrigen Hütte in das schnee-gleißende Abendlicht.

„Guten Abend, Mr Laurent“, sagte der junge Mountie. Sein Gesicht war von der eisigen Luft gerötet, und Eis bedeckte seinen schwarzen Hut und Mantel. Er stampfte mit den Füßen auf dem gefrorenen Boden auf und versuchte ein Grinsen. Sein müdes Pferd blies durch die Nüstern Dampf in die stille, kalte Luft.

„Abend“, Armand nickte. Seine scharfen, blauen Augen sahen auf das metallene Objekt in der Hand des Polizisten. Es war eine Pistole. Er wich zurück.

Der Polizist folgte seinem Blick und lachte. „Hab sie nur als Türklopfer gebraucht. Sie haben offenbar keinen!“

„Brauch keinen“, antwortete Armand barsch. „Wir kriegen nicht viel Besuch.“

Der Polizist nickte und sah an dem alten Mann vorbei in die warme Dunkelheit der Blockhütte. „Ich dachte, Sie könnten mir vielleicht helfen“, sagte er.

„Bei Ihrer Untersuchung, wie?“, fragte Armand scharf. „Sehen Sie, Mister, ich bin nur ein armer Trapper, ich fange Tiere und häute sie für meinen Lebensunterhalt. Ich hab kein Gesetz gebrochen!“

Der Polizist schüttelte müde den Kopf: „Nein, nein, Mr Laurent. Nichts dergleichen. Ich bin mir nur nicht sicher, in welche Richtung ich muss, und ich dachte, Sie könnten mir vielleicht weiterhelfen. Man sagt von Ihnen, dass Sie jeden Zentimeter Weg in einem Umkreis von hundert Meilen kennen, Sir.“

„Ja.“ Armand nickte und entspannte sich ein wenig. „Wohin wollen Sie?“

„Zum Anjikuni-See, Sir.“

„Zum Eskimodorf? Sie sind noch einen halben Tagesritt entfernt. Vor Einbruch der Dunkelheit kommen Sie dort nicht an, mein Junge.“

Der Polizist seufzte. „Glauben Sie, ich könnte wohl mein Pferd hier über Nacht einstellen?“

Der alte Armand sah etwas skeptisch drein und rieb sich seinen dünnen, grauen Bart.

„Ich zahle selbstverständlich“, sagte der Mountie.

Armands Gesicht hellte sich auf. „Raoul!“, rief er über die Schulter. „Stell das Pferd dieses Herrn in dic Schcunc. Gib ihm Hafer, Heu und frisches Wasser!“

Raoul gehorchte schnell, und der alte Mann zeigte dem Mountie den Weg in die Hütte zum warmen Herd. Als sein Pferd versorgt war und er selbst eine warme Mahlzeit im Bauch hatte, schien der junge Polizist ganz begierig zu sein, mit den Laurents zu reden. „Mein Name ist Duvall. Sergeant Alain Duvall.“

„Und was bringt Sie hierher?“, fragte Raoul. „Wir sehen in dieser Gegend nicht gerade viele Mounties.“

„Wir haben einen Bericht von einem Trapper aus dieser Gegend bekommen – ein gewisser Joe Labelle. Kennen Sie ihn?“

„Natürlich. Wir arbeiten manchmal zusammen“, sagte Armand.

„Joe Labelle kam gestern mit einer verrückten Geschichte in die Stadt; er sagte, dass Leute vom Eskimodorf am Anjikuni-See verschwunden seien. Ich wurde losgeschickt, um die Sache zu überprüfen. Habe aber länger gebraucht, um hierher zu kommen, als ich dachte. Sie kennen den Anjikuni-See, Mr Armand?"

„Sicher. Die Eskimos jagen, stellen Fallen und treiben Handel, genau wie ich."

„Und Sie wissen nichts über verschwundene Leute?", fragte der Mountie.

„Nein", sagte der Trapper beklommen.

„Die sind wahrscheinlich weggegangen, um die Lichter anzusehen", sagte Raoul schnell. Es war das erste Mal, dass der junge Mann zugab, etwas gesehen zu haben.

Sein Vater wollte ihm noch schnell einen warnenden Blick zuwerfen. Es war aber bereits zu spät.

„Lichter?", fragte der Mountie.

„Lichter am Himmel", erklärte Raoul. „Hat Ihnen Joe Labelle nicht davon erzählt?"

Der alte Trapper seufzte. „Sie werden wahrscheinlich denken, wir sind übergeschnappt. Hier draußen in der Einsamkeit fangen Männer an, Dinge zu sehen."

Der Mountie beugte sich vor, und das rote Licht des Ofens spiegelte sich in seinen wissbegierigen Augen.

„Erzählen Sie mir einfach, was Sie gesehen haben, Mr Laurent."

„Es war vor ungefähr drei Tagen … oder besser gesagt vor

drei Nächten. Wir hatten gerade die letzten Fallen auf dem Hügel geleert und kehrten zum Abendessen zurück. Wir waren noch zwischen den Bäumen auf dem Hang, als wir einen seltsamen orangen Schein sahen."

„Wir dachten, die Blockhütte brennt", warf Raoul ein. „Nichts sonst in der Gegend hätte einen solchen Schein erzeugen können."

„Aber wir konnten sehen, dass es ein Licht am Himmel war. Es war riesig! Hab so was noch nie im Leben gesehen", sagte Armand. „Hoffe, ich werd´s auch nie wieder sehen!"

„Was für eine Form hatte das Ding?", fragte Sergeant Duvall.

„Wie eine Zigarre", sagte Raoul.

„Wie ein Zylinder", sagte Armand im selben Augenblick.

Vater und Sohn sahen einander ärgerlich an. „Um die Wahrheit zu sagen, es hat die Form geändert, während es sich bewegte", sagte Raoul.

„Und dieses helle Licht hat sich bewegt? In welche Richtung?", fragte der Mountie.

„Richtung Norden", sagte der Trapper.

„Richtung Norden? Ist das nicht dort, wo der Anjikuni-See liegt?"

„Richtig", bestätigte Armand.

Der Mountie stand auf und streckte sich. „Wenn Sie mich morgen in das Dorf führen, werde ich dafür sorgen, dass die Berittene Polizei Sie doppelt bezahlt", sagte er. „Kann ich einfach dieses Bett da nehmen?"

„Geht in Ordnung!“, sagte Armand und suchte für seinen Gast ein paar Decken heraus.

Der nächste Morgen war trüb, und ein eisiger Wind wehte von Norden her. Die drei Männer mussten ihm entgegenreiten. Nach zwei ermüdenden Stunden erreichten sie den Hügelrücken, der auf den See und eine Gruppe von Holzhäusern hinabsah.

Die scharfen Augen des alten Trappers zogen sich zusammen, und er blinzelte mit seinen rot geränderten Augen. „Ich hab so was noch nie im Leben gesehen“, keuchte er.

„Irgendwas nicht in Ordnung, Mr Laurent?“, fragte der Mountie.

Armand konnte die ersten Minuten nur den Kopf schütteln vor Verwunderung. „Es ist nichts da!“

Der Mountie lachte unangenehm berührt. „Da ist doch das Dorf.“

„Aber es ist verlassen“, sagte Armand.

„Wir sind noch über eine Meile entfernt, woher wissen Sie das?“

Der alte Mann machte eine ungeduldige Handbewegung. „Nicht ein Wölkchen Rauch von einem der Kamine. Und der Wind kommt genau aus dieser Richtung. Wir müssten sie von hier aus hören! Die Schlittenhunde bellen immer.“

Der Mountie zuckte die Achseln. „Ich weiß, dass Joe Labelle gesagt hat, es sind Leute verschwunden. Ich wusste nicht, dass alle verschwunden sind!“

„Das kann nicht sein“, sagte Raoul. „In dem Dorf leben zwölfhundert Menschen.“

„Lasst uns nachsehen“, sagte Armand kurz und führte sie den glatten Weg hinunter ins Dorf. Zehn Minuten später erreichten sie das erste Haus.

Der Mountie stieg vom Pferd und hämmerte an die erste Tür – keine Reaktion. „Ist wahrscheinlich auf die Jagd gegangen“, schlug er vor.

Armand Laurent schüttelte den Kopf. „Dort lehnt ein Gewehr am Eingang. Kein Eskimo würde je das Dorf ohne sein Gewehr verlassen. Selbst wenn er nicht jagt, könnte ihm auf dem Weg ein Bär begegnen.“

Der Mountie stemmte seine Schulter gegen die Tür und drückte dagegen. Das schwache Schloss brach. Im Haus war es genauso kalt wie draußen. Auf dem Bett lag ein Ledermantel. Er war halb fertig genäht. Daneben lagen zwei Knochennadeln. „Sie müssen in großer Eile weggegangen sein“, meinte er.

Raoul durchsuchte das zweite Zimmer. „Ein Kessel mit Eintopf. Sieht wie Karibu aus.“

„Ich könnte jetzt einen Bissen gebrauchen!“, sagte sein Vater.

„Nicht von diesem Eintopf. Er ist seit Tagen kalt.“ Raoul legte eine Hand in die Asche der Feuerstelle und schüttelte den Kopf. „Seit drei Tagen kein Feuer.“

„Drei Tage?“, sagte der Mountie, als er durch die Tür hinter ihm kam. „Vor drei Tagen haben Sie die Lichter gesehen, nicht wahr, Mr Laurent?“

Armand nickte nur. „Sie sind in großer Eile gegangen.

Haben nicht einmal vorher gegessen. Und sie sind nicht über Land gegangen, sonst hätten sie ihre Gewehre mitgenommen."

„Vielleicht haben sie vor den Lichtern Angst gehabt und sind über den See gegangen", sagte der Mountie.

Die drei Männer verließen das Haus und stapften den verlassenen, verschneiten Weg hinunter. Keine menschliche Spur durchbrach die frische, weiße Schneedecke. Sie gingen Richtung See, blieben aber stehen, bevor sie die kleinen, hölzernen Landungsstege erreicht hatten. Zahlreiche Boote und Kajaks lagen an den Anlegepfählen.

„Dürfte fast jedes Boot aus dem Dorf hier sein", sagte Armand. „Zwölfhundert Leute sind nicht über den See gegangen."

Sergeant Duvall sah nach oben auf die schneeschwangeren Wolken. „Haben wir Zeit, den Pfad zu untersuchen, der aus dem Dorf hinausführt?", fragte er.

„Diese Richtung", sagte Armand. Er führte sie durch das Dorf. Es war kein Geräusch zu hören, keine Bewegung, keine Wärme in dem Ort, der noch vor einer Woche voll überschäumendem Leben gewesen war.

Sie fanden zuerst die Hundeschlitten. Man hatte sie am Rande des Dorfes an die Bäume gebunden. Dann hatte man sie verlassen. Die Hunde waren an Kälte und Hunger gestorben. Der Mountie war von dem Anblick erschüttert. „Ich reite besser zurück und erstatte davon Bericht", sagte er. „Wenn wir jetzt zurückreiten, kann ich noch vor Anbruch der Nacht beim Stützpunkt sein."

Armand sah auf das Dorf zurück. Ein Feld am Rande lag nicht so glatt und unberührt unter der Schneedecke. Es war von tiefen Gräben durchzogen, die von den Schneeverwehungen nur halb gefüllt waren. Er ging langsam darauf zu und führte sein Pferd am Halfter. Als Sergeant Duvall ihn erreichte, starrte er auf das Feld.

„Was ist los, Mr Laurent?“

Armand zeigte auf die leeren Gräben. „Nicht nur die Lebenden haben das Dorf verlassen“, sagte er heiser. „Dies hier war der Friedhof. Und es sieht aus, als ob jedes Grab geleert worden wäre!“

Er sah in den grauen Himmel hinauf, während nadelscharfc, klcinc Schnccflockcn auf scin Gcsicht ficlcn.

„Was zum Teufel war dieses Licht?“, fragte er.

Die Königliche Kanadische Berittene Polizei durchsuchte das Gebiet mit jedem Mann, den sie hatte. Sie fand nichts. Sie suchte jahrelang und fand niemals auch nur den geringsten Hinweis auf das geheimnisvolle Verschwinden der zwölfhundert Leute. Menschen, die an außerirdische Unidentifizierte Flugobjekte (UFOs) glauben, sind der Ansicht, dass es eine Verbindung zu den Lichtern gibt, die zur gleichen Zeit am Himmel gesichtet wurden. Bis jetzt hat noch niemand eine vernünftigere Erklärung gefunden.

Unidentifizierte Fliegende Furcht

1. Unidentifizierte Flugobjekte (UFOs) wurden für das rätselhafte Verschwinden vieler Dinge verantwortlich gemacht, zum Beispiel von …

- Schiffen und Flugzeugen, die im so genannten Bermudadreieck verschwanden.
- Satelliten, die verschwanden, während sie die Erde umkreisten.

2. UFOs wurden auch als Erklärung für rätselhafte Erscheinungen herangezogen, wie zum Beispiel …

- das Ungeheuer von Loch Ness.

- die ägyptischen Pyramiden – von Menschen unter der Aufsicht außerirdischer Pharaonen erbaut.

- Jesus – der ein UFO-Pilot vom Planeten Saturn gewesen sein soll.

DIE FAKTEN

3. Für neunzig Prozent der Erscheinungen von UFOs gibt es natürliche Erklärungen. Meistens haben die Leute den Planeten Venus, Flugzeuge, Kometen, Meteore, riesige Ballons, Wolkenformationen, Kugelblitze, Leuchtsignale der Armee oder von Schiffen oder sogar Herden von wandernden Wildgänsen gesehen.

4. UFO-Experten (Ufologen) haben unterschiedliche Vorstellungen, woher die Außerirdischen kommen könnten. Sie sagen, sie kommen …

- vom Mars – wenn der Mars der Erde am nächsten ist, werden besonders oft UFOs gesichtet.
- von der Milchstraße – obwohl wir nichts kennen, das sich schnell genug fortbewegt, um uns von dort zu erreichen. Vielleicht aber die Außerirdischen …
- von der Erde selbst – Außerirdische sind schon vor Jahren zu uns gekommen und leben nun in Kolonien auf der Erde (einer besonders gängigen Theorie zufolge auf dem Südpol).
- aus der Erde – mit einem Eingang über dem Nordpol.

DIE FAKTEN

5. Die Ufologen sind sich nicht einig, was die Außerirdischen von uns wollen. Sie sagen, dass die Außerirdischen …

- die Erde als eine Art Unterhaltungszoo sehen, der von kuriosen menschlichen Tieren bewohnt wird.

- uns untersuchen wollen, um herauszufinden, wie wir funktionieren (es gibt Hunderte von Geschichten, denen zufolge Außerirdische Menschen entführt, untersucht und wieder freigelassen haben).

- die Erde erobern wollen, weil ihr eigener Planet stirbt.

- nicht die Erde erobern, sondern uns im Auge behalten wollen, weil sie besorgt darüber sind, was die Menschen tun werden, nachdem sie die Weltraumfahrt entwickelt haben.

- mit uns Freundschaft schließen und ihr Wissen mit uns teilen wollen.

DIE FAKTEN

6. Berichte über die Sichtung seltsamer Flugobjekte gehen bis auf das 13. Jahrhundert zurück, als Mönche in St. Albans ein „Schiff, groß, elegant geformt, wohlgerüstet und von schöner Farbe“ sichteten, während Mönche in Yorkshire eine „große, runde, silberne Scheibe“ über ihre Köpfe fliegen sahen. Schimmernde Scheiben bedeckten im Jahre 1566 den Himmel über der Schweiz, während im Jahre 1820 eine ganze Reihe von Untertassen über Embrun in Frankreich flogen.

7. Um das Jahr 1980 tauchten in britischen Kornfeldern seltsame Zeichen auf – riesige Kreise und Muster, von denen manche Leute glaubten, dass sie nur von Außerirdischen gemacht worden sein könnten. Andere wiederum führten vor, wie diese Kreise gefälscht werden könnten, aber die Ufologen weigerten sich, ihnen Glauben zu schenken! Eine noch viel seltsamere Theorie besagt, dass Igel diese Kreise geschaffen haben, indem sie auf den Ähren herumtrampelten. Dann hat allerdings jemand ausgerechnet, dass 40.000 Igel herumrennen müssten, um auch nur einen einzigen kleinen Kornkreis zu schaffen.

DIE FAKTEN

Es wird angenommen, dass im Jahre 1947 eine fliegende Untertasse in New Mexico, USA, abgestürzt sei. Die Armee fand sie und beschrieb sie als „fliegende Scheibe“. Aber am nächsten Tag änderte sie ihre Geschichte. Sie behauptete, es habe sich lediglich um einen verunglückten Wetterballon gehandelt. Ufologen glauben, dass die Armee die Wahrheit verheimlicht, damit die Bevölkerung nicht in Panik gerät. Der Amerikaner William Moore arbeitet seit 1977 daran, zu beweisen, dass wirklich ein außerirdisches Flugobjekt verunglückt ist.

8. Es gibt noch ein riesiges unerforschtes Gebiet auf der Erde, wo sich Tausende von außerirdischen Flugobjekten verstecken könnten – die Ozeane. Zwei Frauen behaupteten, dass sie von Außerirdischen entführt und untersucht worden seien. Das pilzförmige Raumfahrzeug sei aus dem Meer vor der Küste von Brasilien aufgetaucht. Die Außerirdischen sollen wie große Ratten ausgesehen haben, erzählten die Frauen, dass sie eine Basisstation am Südpol hätten und es einen Tunnel gebe, durch den sie das Eis verlassen könnten.

Lizzie Bordens
Axt

Manche Morde sind so schrecklich, dass man sich noch lange an sie erinnert.

Fall River, USA – 1892

Die Bordens waren die bedeutendste Familie in der Stadt Fall River. Sie lebten dort schon seit mehreren hundert Jahren. Trotzdem war das Haus der Bordens nicht besonders prächtig, denn dazu war der alte Andrew Borden viel zu knausrig. Er war ein kalter, harter, liebloser Mann, siebzig Jahre alt. Er sollte keine einundsiebzig werden.

Das Haus Second Street Nr. 92 war komfortabel genug für Andrew Borden und seine Familie. Komfortabel, aber nicht großzügig. Im Winter war das Haus warm. Unten im Keller stand ein Kohleofen. Neben dem Ofen waren ein Hackklotz und ein Stapel Holz, daneben lag eine Axt zum Zerkleinern der Scheiter.

Im Haus lebten vier Frauen: Andrews Töchter Emma und Lizzie, ihre Stiefmutter Abby Borden und das Hausmädchen Bridget. Mrs Abby Borden war im Jahre 1892 dreiundsechzig Jahre alt. Sie sollte keine vierundsechzig werden.

Abby war es nie gelungen, in den Herzen von Emma und Lizzie den Platz ihrer Mutter einzunehmen. Lizzie war im Jahre 1892 zweiunddreißig Jahre alt. Sie war geizig wie ihr Vater. So war sie empört und zornig, als er der Familie seiner Frau ein Stück Land schenkte. Sie vergab nie, und sie vergaß auch nie – da schien etwas einzurasten in ihrem Kopf.

„Lizzie!“, sagte Abby Borden eines Tages. „Ich habe meinen Kater schon lange nicht gesehen. Weißt du, wo er ist?“

Lizzie war nicht schön, ihre großen, hellen Augen waren das Anziehendste an ihr. „Geh nach unten, da findest du deinen Kater“, versprach sie, und ihre Augen leuchteten vor Freude.

Mrs Borden ging in den Keller und fand dort ihren Kater – er lag ausgestreckt auf dem Holzklotz; jemand hatte ihm mit der Axt den Kopf abgeschlagen.

Aber das war nichts im Vergleich dazu, was am Morgen des 4. August 1892 geschah. Es war ein schwüler Morgen. Das Hausmädchen Bridget schleppte sich nach unten, um den Herd anzuzünden. Sie fühlte sich elend. Am Vortag waren alle krank gewesen – vielleicht hatten sie Fleisch gegessen, das in der Sommerhitze schlecht geworden war. Emma war verschont geblieben, weil sie in den Ferien war.

Nach dem Frühstück ging Mrs Borden nach oben, um sich hinzulegen. Sie fühlte sich immer noch unwohl nach der Vergiftung vom Vortag. Mr Borden ging in die Stadt, um Geschäfte zu erledigen, während Bridget die Fenster zu putzen begann.

Um 10 Uhr 40 kehrte Mr Borden zurück. Er rüttelte am Schloss der Eingangstür. Irgendjemand hatte den Riegel so fest zugeschoben, dass Bridget ihn kaum öffnen konnte, um ihren Herrn einzulassen.

Lizzie stand oben am Treppenabsatz. Sie lachte.

Mr Borden trat ein. „Wo ist deine Mutter?“

„Fort. Sie erhielt eine Nachricht und ging fort, um einen Krankenbesuch zu machen“, antwortete Lizzie.

„Bei wem?“

„Ich weiß nicht, Vater.“

„Niemand kann so krank sein wie ich“, schnauzte der alte Mann. „Ich fühle mich immer noch schwach von gestern. Ich glaube, ich werde mich im Wohnzimmer hinlegen.“

Lizzie lächelte. Es war zwei Minuten vor elf. Bridget ging wieder Fenster putzen, und Lizzie stellte ein Bügelbrett auf und begann Taschentücher zu bügeln.

„Entschuldigen Sie, Miss Lizzie“, stöhnte das Hausmädchen. „Wenn Sie erlauben, lege ich mich auch ein bisschen hin.“ Das Mädchen ging hinauf in ihr Zimmer am Dachboden. Die Rathausuhr schlug elf.

Bridget legte sich ins Bett. Zehn Minuten später hörte sie Lizzie schreien. „Bridget! Oh, Bridget! Komm schnell runter!“

Bridget schleppte sich aus dem Bett. „Was ist passiert, Miss Lizzie?“

„Komm schnell runter! Vater ist tot! Jemand ist hereingekommen und hat ihn ermordet!“, rief Lizzie.

Bridget eilte ins Wohnzimmer, um nachzusehen. Lizzie hielt sie zurück. „Nein, geh nicht rein! Lauf und hol einen Arzt. Lauf!“

Da der Arzt nicht zu Hause war, hinterließ Bridget eine Nachricht bei seiner Frau und lief zurück zur Second Street Nr. 92.

„Wie ist das geschehen?“, keuchte das Mädchen. „Wo sind Sie gewesen, Miss Lizzie?“

„Im Garten“, seufzte Lizzie Borden. „Als ich zurückkam, war die Tür weit offen.“

Mrs Churchill, eine Nachbarin, sah die beiden aufgeregten Frauen und kam herüber, um zu sehen, was passiert war. Sie öffnete die Tür zum Wohnzimmer. Andrew Borden lag auf dem Sofa. Seine Füße berührten den Boden, der Kopf ruhte auf seinem Arm. Sein Gesicht war total entstellt.

Elf Wunden klafften zwischen Nase und Ohren; ein Hieb hatte sein Auge in zwei Teile gespalten, und ein weiterer hatte seine Nase glatt abgeschlagen. Blut war auf den Boden, die Wand und das Sofa gespritzt – aber Andrew Borden hatte sich nicht bewegt. Sein Mörder hatte ihn im Schlaf erschlagen.

Mrs Churchill wich entsetzt zurück und rang nach Luft. „Wo warst du, als das geschehen ist?“

„In der Scheune“, murmelte Lizzie.

„Man muss es deiner armen Mutter sagen. Wo ist sie denn?“

Lizzie zuckte hilflos mit den Schultern. „Sie ist zu einer kranken Freundin gegangen. Ich weiß nicht, zu welcher.“

Mrs Churchill ergriff das Kommando. Sie holte den Arzt und die Polizei. Um 11 Uhr 30 war sie wieder im Haus des Todes in der Second Street.

„Wenn wir nur deine Mutter finden könnten, Lizzie. Vielleicht sollten wir ihrer Freundin Mrs Whitehead eine Nachricht schicken!“

„Nein!“, sagte Lizzie schnell. „Ich bin sicher, ich habe sie durch die Tür kommen und nach oben in ihr Zimmer gehen hören. Bridget, geh und sieh nach.“

Aber die zitternde, kranke Bridget wollte nicht allein gehen.

„Ich gehe mit dir“, bot Mrs Churchill an. Die beiden gingen die Treppe hinauf. Sie mussten nicht einmal ganz hinaufgehen. Die Schlafzimmertür stand weit offen. Bridget blieb stehen. Hinter dem Bett, halb verdeckt, lag der Körper von Abby Borden.

Mrs Churchill drängte sich an dem zur Säule erstarrten Hausmädchen vorbei und sah das grauenhafte Bild auch. Neunzehn Hiebe waren auf Abby Bordens Hinterkopf niedergegangen, und ein Schlag hatte sie im Nacken getroffen. Das Blut war schon getrocknet und begann dunkel zu werden. Mrs Borden war offenbar einige Zeit vor ihrem Mann ermordet worden.

Es wurde nie irgendeine Nachricht gefunden. In Wahrheit hatte Abby Borden das Haus nie verlassen. Sie war wahrscheinlich kurz nach dem Frühstück getötet worden.

Und Lizzie war nie in die Scheune gegangen. Der Fußboden war trocken und von einer dichten Staubschicht bedeckt. Der erste Polizist, der die Scheune betrat, konnte beschwören, dass nicht ein einziger Fußabdruck zu sehen gewesen war. Hatte Lizzie gelogen?

Die Polizei verdächtigte Lizzie. Aber Lizzie war eine Borden. Eine Dame aus einer der besten Familien von Fall River. Sie konnte doch nicht ihre Stiefmutter und ihren Vater abgeschlachtet haben – oder?

In diesem von der sommerlichen Hitze glühenden Haus, in dem solch kalte Menschen lebten, blieb Lizzie Borden kälter als Eis. Als die Leichen ihrer Eltern noch in ihren blutverschmierten Zimmern lagen, sagte sie ruhig: „Ich hätte gerne, dass sie vom Bestattungsunternehmen Winwood beerdigt werden."

Am nächsten Abend platzierte Lizzie eine Anzeige in der Lokalzeitung:

5.000 Dollar Belohnung
Diese Belohnung wird demjenigen gezahlt, der die Verhaftung und Verurteilung der Person oder Personen sichern kann, die für den Tod von Mr Andrew J. Borden und seiner Ehefrau verantwortlich sind.

Am Freitag derselben Woche machte die Polizei von Fall River eine weitere erstaunliche Entdeckung. Am Tag vor dem Mord war Lizzie in einer Apotheke gewesen und hatte versucht, Blausäure zu kaufen – wahrscheinlich das tödlichste Gift überhaupt!

Am Samstag fand das Begräbnis ihrer Eltern statt.

Am Sonntag versuchte Lizzie alte Kleider zu verbrennen. „Warum tust du das?", fragte eine Freundin.

„Sie sind voller Farbe", sagte Lizzie.

„Aber es sieht so verdächtig aus, wenn man alte Kleider verbrennt! Die Polizei wird sagen, du versuchst Blutflecke zu verbergen."

„Ah!“ Lizzie rang nach Luft. „Daran habe ich nicht gedacht. Hättest du mich doch davon abgehalten!“ Aber die sparsame Lizzie Borden hatte bereits ein Kleid verbrannt, das erst zehn Wochen alt war – etwas bis dahin nie Gehörtes in der geizigen Borden-Familie.

Eine Woche nach den Morden verhaftete die Polizei von Fall River Lizzie Borden. Die Verhandlung fand ein Jahr später statt. Wieder gab es eine Hitzewelle; draußen wurden 30 Grad gemessen, und im Verhandlungssaal war es noch heißer.

Auf einem Tisch lag eine Tasche. Sie war mit einem Stück Seidenpapier zugedeckt. Der Anwalt warf ein Beweisstück auf den Tisch – eines von Lizzies Kleidern. Das Kleid blieb an der Tasche hängen und fegte das Seidenpapier herunter. Nun konnte Lizzie sehen, was in der Tasche war – die zertrümmerten Schädel ihres Vaters und ihrer Stiefmutter! Lizzie fiel durch den Schock in eine tiefe Ohnmacht. Aber der Schock war nicht groß genug, um sie zu einem Geständnis zu bewegen.

Sie schwieg während der gesamten Verhandlung. Lizzies Anwalt sagte am Ende seines Plädoyers, die Geschworenen müssten entweder die arme Lizzie auf freien Fuß setzen oder die Schuld auf sich nehmen, die Schlinge um ihren Hals zu legen. Er erinnerte sie daran, dass Andrew Borden mit einem Ring zu Grabe getragen worden war, den ihm Lizzie geschenkt hatte. „Um sie für schuldig zu halten“, endete er sein Plädoyer, „müssen Sie sie für eine Teufelin halten. Sieht sie so aus?“

Die zwölf Geschworenen sahen auf Andrew Bordens Tochter. Ihre großen, hellen Augen sahen sie an. Augen, die nie eine Träne um die Toten geweint hatten. Doch, wie ihr Anwalt gesagt hatte:

„Die Augen, die nicht weinen können, sind die traurigsten von allen."

Der Richter wandte sich zu ihr und fragte: „Lizzie Borden, gibt es etwas, das Sie den Geschworenen sagen möchten?"

Sie erhob sich, verbeugte sich vor dem Richter und sah die zwölf Männer an. „Ich bin unschuldig. Ich überlasse es meinem Anwalt, für mich zu sprechen." Die einzigen Worte, die Lizzie Borden während der gesamten Verhandlung sprach.

Die Geschworenen stimmten ab. Der Protokollführer fragte: „Meine Herren Geschworenen, haben Sie Ihr Urteil gefällt?"

„Das haben wir."

„Wie lautet es?"

„Nicht schuldig!"

Ein Freudenschrei ging durch den Gerichtssaal. Lizzie lehnte sich in ihrem Stuhl zurück und vergoss endlich ein paar Tränen – aus Erleichterung darüber, dass ihr Kopf gerettet war. „Fahren Sie mich nach Hause", murmelte sie. „Fahren Sie mich nach Hause. Ich möchte heute Abend in das alte Haus."

Und Lizzie ging zurück in das Haus des Todes und lebte mit den Geistern ihres erschlagenen Vaters und ihrer Stiefmutter. Sie starb im Jahre 1927, vierunddreißig Jahre nach dieser

Gerichtsverhandlung. Ihre Schwester Emma starb neun Tage nach ihr.

Lizzie hinterließ in ihrem Testament mehr als eine Million Dollar. Manche sagen, Lizzie sei mit zwei Morden davongekommen.

DIE FAKTEN

Wer hat die Bordens ermordet?
Es gibt drei Erklärungen. Lies sie alle und entscheide dann selbst, welche die wahrscheinlichste ist.

Der heimliche Mörder

1. Andrew Borden war nicht sehr beliebt. Es gab wahrscheinlich viele Menschen in Fall River, die ihn gerne tot gesehen hätten.

2. Der Mörder mischte am Mittwoch, dem 3. August 1892, am Vormittag Gift in die Milch der Bordens. Sie erkrankten alle, starben aber nicht daran. Also schlich der Mörder am Morgen des 4. August in das Haus der Bordens, während Mrs Borden und Lizzie im ersten Stock waren. Das Hausmädchen Bridget lief hinaus, weil ihr schlecht war, und ließ dabei die Hintertür offen. Der Mörder wartete.

DIE FAKTEN

3. Mrs Borden erhielt die Nachricht, sie möchte eine kranke Freundin besuchen. Mr Borden kehrte zurück, weil er sich krank fühlte, und legte sich nieder, um zu schlafen. Der Mörder schlich sich aus dem Versteck und erschlug Mr Borden mit der Axt aus dem Keller. Als Lizzie aus der Scheune kam und im Nebenzimmer zu bügeln anfing, war der Mörder gezwungen, sich zu verstecken.

4. Lizzie entdeckte die Leiche, und Mrs Churchill holte die Polizei. Als Mrs Churchill weglief, um Hilfe zu holen, kam Mrs Abby Borden zurück. Der Mörder folgte ihr nach oben und erschlug sie mit der gleichen Axt. Danach entkam er durch den Haupteingang, während die Polizei durch den Hintereingang eintraf. Dies war Lizzies Erklärung und die, welche der Richter schließlich anerkannte – das Problem ist nur, dass die Experten sagten, Mrs Borden sei vor Mr Borden gestorben, eine Tatsache, die der Richter ignorierte. Die Bewohner von Fall River schenkten dieser Version zuerst Glauben. Sie verbrachten mehrere Tage in Angst, weil sie dachten, in der Stadt gehe ein Wahnsinniger mit einer Axt um.

DIE FAKTEN

Die mörderische Tochter

1. Lizzie hasste ihren Vater und ihre Stiefmutter. Sie wartete ab, bis ihre Schwester weggefahren war. Dann, am Dienstag, dem 2. August, versuchte sie Gift zu kaufen, um die beiden zu ermorden. Der Apotheker verkaufte ihr kein Gift, sie fanden aber welches. Am Mittwoch, dem 3. August, tat sie es heimlich ins Essen – sie selbst nahm auch ein wenig zu sich, damit niemand misstrauisch würde. Die Dosis reichte aber nicht, um jemanden zu töten.

2. Am Morgen des 4. August, nachdem ihr Vater das Haus verlassen hatte, holte sie die Axt aus dem Keller, schlich sich in den ersten Stock und erschlug ihre Stiefmutter. Sie hatte über eine Stunde Zeit, um alle Spuren an sich selbst zu beseitigen, bevor ihr Vater nach Hause kam.

DIE FAKTEN

3. Als ihr Vater nach Hause kam und sich zum Schlafen hinlegte, erschlug sie auch ihn. Es blieben ihr immer noch zehn Minuten Zeit, um die Axt zu verstecken und das Blut abzuwaschen, bevor sie Bridget rief und ihr mitteilte, dass ihr Vater tot sei. Als sich Mrs Churchill nach Mrs Borden erkundigte, geriet Lizzie in Panik und erfand die dumme Geschichte, dass eine kranke Freundin nach ihr geschickt habe. Später musste Lizzie bei dieser Geschichte bleiben, selbst als bewiesen wurde, dass zu dem Zeitpunkt, als die Nachricht angeblich abgegeben wurde, ihre Mutter schon länger als eineinhalb Stunden tot war.

4. Als Mrs Churchill sagte, dass sie Mrs Borden suchen wolle, behauptete Lizzie schnell, sie habe gehört, wie ihre Stiefmutter das Haus betreten habe. Später stellte sie fest, dass sie nach dem ersten Mord nicht alles Blut aus ihrem Kleid gewaschen hatte, und verbrannte es. Sie setzte darauf, dass die Geschworenen keine Frau hängen sehen wollten. Und sie gewann.

DIE FAKTEN

Dies ist die Version, die die meisten Leute glaubten.

Das mörderische Hausmädchen

1. Bridget hatte genug von den Bordens. Sie waren geizige, rücksichtslose Arbeitgeber, und Bridget versuchte sie zu vergiften. Sie nahm sogar selbst ein wenig Gift, um keinen Verdacht auf sich zu lenken. Schließlich war es Bridget, die kochte. Für sie war es am leichtesten, Gift ins Essen zu mischen.

2. Das Gift hatte keine Wirkung auf die Bordens, aber Bridget selbst fühlte sich krank, als sie am Morgen erwachte. Und dann, um dem Ganzen die Krone aufzusetzen, befahl ihr Mrs Borden an einem der heißesten Tage in der Geschichte von Fall River, alle Fenster innen und außen zu putzen.

3. Bridget schwitzte, als sie die Wassereimer aus der Scheune schleppte und mit einer schweren Bürste die oberen Fenster putzte. Sie ging ins Haus, um die Innenfenster zu reinigen, und sah Mrs Borden über eine große Stickerei gebeugt am Boden knien. Es war so leicht!

DIE FAKTEN

4. Bridget ging auf Zehenspitzen hinunter, holte die Axt aus dem Keller und schlich sich zurück in Mrs Bordens Zimmer. Die alte Frau war immer noch über die Handarbeit gebeugt. Bridget hob die Axt und ließ sie auf den Schädel der alten Frau niederfallen. In einem Anfall von Raserei schlug sie so lange auf Mrs Borden ein, bis sie erschöpft war.

5. Sie reinigte ihr Kleid, als sie das nächste Mal in die Scheune ging, um Wasser zu holen. Als Mr Borden nach Hause kam, entschuldigte sie sich bei Lizzie und sagte, dass sie sich hinlegen müsse. Als Lizzie zur Scheune ging, tötete sie den schlafenden Mr Borden. Die Hiebe, die ihn töteten, waren weniger zahlreich und schwächer. Bridget war bereits zu erschöpft.

DIE FAKTEN

6. Lizzie kam zurück und fand die Leiche. Bridget sagte zu Lizzie, dass man wohl sie beschuldigen werde. Sie schlug vor, zu behaupten, dass Mrs Borden aus dem Hause gerufen worden sei. Und kein Wunder, dass Bridget sich weigerte, alleine nach oben in Mrs Bordens Zimmer zu gehen. Sie wusste, was sie finden würde!

Diese Version der Geschichte stammt von einem Schriftsteller, der den Fall studierte.

Der Geist der
Roten Scheune

Kann ein Verstorbener als Geist auf die Erde zurückkehren und seinen Verwandten mitteilen, wie er gestorben ist? Es gibt zahlreiche Geschichten, die dies zu beweisen scheinen ...

Polstead, Suffolk, England – 1827

Das Cottage war eng, kalt und finster. Es roch nach Säuglingen und toten Maulwürfen. Mrs Ann Marten zündete mit einem Streichholz eine Kerze neben dem Bett an. Ihr Mann John schnarchte laut. „John“, zischte sie. Der Mann ächzte und drehte ihr den Rücken zu. Der Maulwurffänger wurde alt, taub und müde.

Die Frau legte sich einen Schal um und näherte sich mit den Lippen dem Ohr ihres Mannes. „John!“ Er lächelte über einen Traum, wachte aber nicht auf. Irgendwo im Dunkeln bewegte sich ein Kind im Schlaf.

Plötzlich wurde die kalte Luft von einem furchtbaren Angstschrei zerrissen. Mrs Ann Marten setzte sich im Bett auf. Ein erschrockenes Kind schrie, aber ihr Mann wachte immer noch nicht auf. Die Frau stieß ihm ihren spitzen Ellbogen in die Rippen. „John, oh John. Ich hatte einen furchtbaren Traum.“

„Schlaf weiter“, murmelte ihr Mann.

„Nein, John. Du musst mir zuhören. Es war eine Botschaft aus dem Jenseits!“

Der alte Mann rieb sich die Augen und setzte sich auf. „Wovon redest du, meine Liebe?“, seufzte er.

„Ich habe von unserer Maria geträumt“, flüsterte sie. „Sie ist mir erschienen und hat mir eine furchtbare Geschichte erzählt.“

„Ha! Was soll denn dieser ganze Unsinn von Botschaften aus dem Jenseits?“, knurrte der Mann. „Maria lebt, und es geht ihr gut.“

„Woher weißt du das?“, fragte seine Frau.

„Sie hat den jungen William Corder geheiratet, und er hat sie mit nach London genommen, wo die beiden jetzt leben. Sie schläft sicher gerade friedlich in ihrem Bett. Übrigens etwas, was zu dieser Zeit alle guten Christen tun sollten“, fügte er hinzu.

„Nein, John“, sagte Ann, und es lief ihr ein Schauer über den Rücken. „In meinem Traum sah ich Maria blutbedeckt. Sie versuchte zu mir zu sprechen. Aber alles, was sie herausbrachte, war ein Wort – ermordet … von Corder!“

„Das sind drei Worte“, bemerkte ihr Mann und ließ sich wieder ins Bett sinken.

„Nein, hör zu“, drängte ihn seine Frau. „William Corder hat gesagt, er nimmt sie mit nach London. Er wollte sie heiraten. Aber wir haben sie seit jener Nacht, als sie das Cottage verließ, um ihn in der Roten Scheune zu treffen, nicht mehr gesehen.“

„Wir haben Briefe bekommen“, erwiderte der Mann. Er war jetzt hellwach und runzelte die Stirn.

„Nur zwei oder drei. Und in einer fremden Handschrift“, erwiderte die Frau.

„Sie hat sich die Hand verletzt, hat sie geschrieben."

„Hat Corder geschrieben. Er wollte unsere Maria in Wirklichkeit nie heiraten. Er der Sohn des Gutsherrn, sie die Tochter eines armen Maulwurffängers. Ich glaube nicht, dass er mit Maria jemals nach London gegangen ist. Ich habe mir immer gedacht, dass er die Briefe selbst geschrieben hat."

Der Mann wollte ihr zuerst nicht glauben. „Und wo ist Maria dann, wenn sie nicht mit Corder in London ist?", knurrte er.

„Wenn mein Traum wahr ist, dann hat er sie ermordet!", flüsterte die Frau.

„Und was hat er mit der Leiche gemacht?", fragte der alte Mann, und es schauderte ihn.

„Das habe ich auch in meinem Traum gesehen. Er hat sie in der Roten Scheune vergraben", sagte Ann. „Ich hab es gesehen. Er hat sie ermordet, und jetzt wandert ihr Geist umher und sucht Gerechtigkeit."

„Wer wird dir gegen das Wort des Gutsbesitzersohnes Glauben schenken?", seufzte der Mann. „Was kannst du tun?"

„Nichts." Ann rümpfte die Nase. „Eine arme Frau allein kann nichts tun. Aber ich finde, du könntest in die Rote Scheune gehen und nachsehen."

Der alte Mann rieb sich müde die Augen. „Das ist das Erste, was ich morgen früh tun werde, hm, das Zweite. Ich muss zuerst die Maulwürfe im Obstgarten des Gutsbesitzers fangen. Es ist das Zweite, was ich morgen früh tun werde", versprach er und drehte sich wieder auf die Seite. „Nein, John, jetzt!“, bat seine Frau. „Ich kann nicht weiterschlafen, solange ich nicht Gewissheit habe.“

„Verdammt, das heißt wohl, dass ich auch keinen Schlaf bekommen werde“, knurrte er und suchte im Dunkeln nach seiner Hose. Er zog sich eine alte Jacke über und verließ das Zimmer. An der Eingangstür blieb er stehen und nahm den Maulwurfspaten, einen spitzen Holzpfahl, mit dem er sonst lästige Maulwürfe tötete.

Nach nur einer halben Stunde hatte er eine Gruppe von Dorfbewohnern um sich geschart, und mit Laternen und Spaten gingen sie zur alten Roten Scheune oben auf dem Hügel. Das Kreischen der Eulen im Wald und die zerklüfteten, schwarzen Wolken, die an der Mondsichel vorbeizogen, ließen Geister plötzlich wahrscheinlicher wirken. Die Dorfbewohner bildeten eine verängstigte, schweigsame Gruppe, als sie die große, braune Holztür der Scheune aufstießen. Die Scheune war eigentlich gar nicht rot – sie hieß nur so, weil sie an manchen Abenden in den blutroten Strahlen der untergehenden Sonne rot glühte.

Um diese Zeit lag kein Heu mehr in der Scheune. In ein paar Wochen würde die Ernte die Scheune füllen. Im Licht der Laternen auf dem Boden konnte man die rot glühenden Augen der Ratten sehen, die aufgeschreckt auseinanderstoben und quiekend davonrannten.

Der Scheunenboden bestand aus festgetretener Erde – viel zu hart, um zu graben. Ein paar Männer traten vor und machten Stichproben mit ihren Spaten. Der alte John Marten verwendete seine Maulwurfstange – die Spitze schlug immer wieder auf den harten Boden. Plötzlich stieß er auf etwas Weiches. „Ah!“ Er holte tief Luft und zog die Spitze heraus. Es hing etwas Klebriges und übel Riechendes daran.

Er starrte es an. Die Dorfbewohner stellten sich um ihn. „Willst du nach Hause gehen, während wir graben?“, fragte ihn einer der Männer.

Der alte Mann schüttelte den Kopf. Vorsichtig kratzten die Dorfbewohner die weiche Erde weg. Die Ratten kehrten zurück und sahen neugierig zu, ihre roten Augen funkelten im Licht der Laternen. Die Schaufeln kratzten ein Stück der Erdkruste weg. Einige Männer knieten nieder, um die weiche Erde darunter mit bloßen Händen wegzuschaufeln.

„Hab dem William Corder nie getraut“, murmelte eine Frau. „Seine Augen stehen zu eng beieinander“, stimmte ihre Freundin zu. „Ein Zeichen für Schlechtigkeit. Was ist das?“ Sie rang nach Luft und hielt ihre Laterne näher zum Boden.

„Ein Schal!“, sagte der Mann, der die Erde aushob, als seine Hand sich in einem Stück feinen Stoffs verfing.

Schließlich sprach der alte John Marten mit heiserer, gequälter Stimme. „Das ist der Schal, den Maria trug, als sie damals wegging.“

Jemand führte ihn hinaus. Sie wussten, dass Maria den Schal immer noch um den Hals trug. Sie war mit ihm begraben worden.

„Genau wie in Ann Martens Traum“, seufzte eine Frau. „Gottes Wege sind wunderbar.“

„Amen“, murmelten die Dorfbewohner, als sie langsam die Leiche der armen Maria Marten ausgruben. Als sie die Tote aus ihrem seichten Grab herauszogen, fanden sie noch etwas – eine Pistole. Sie stammte von einem Paar Pistolen. Die andere gehörte William Corder.

Corder wurde in London gefunden und verhaftet. Die Verhandlung war eine Sensation. Es wurde ein Theaterstück über den Mord an Maria Marten in der Roten Scheune geschrieben. Schauspieler stellten dar, wie Maria von Corder getötet worden war, noch bevor er schuldig gesprochen wurde.

Aber die größte Sensation im Gerichtssaal und auf der Bühne war der Traum von Mrs Ann Marten. Es war ein Wunder. Die Tote war genau dort gefunden worden, wo der Geist gesagt hatte. Maria war aus dem Grab getreten, um Gerechtigkeit und Rache zu fordern.

Wenn das so war, dann bekam sie beides. Corder wurde im Beisein einer Menge von 10.000 Menschen gehängt. Das Theaterstück „Maria Marten oder Der Mord in der Roten Scheune“ wird noch heute aufgeführt.

Ist dies ein Beweis dafür, dass es wirklich Geister gibt?

DIE FAKTEN

Der Geist der Roten Scheune

1. Ann Marten war nicht die wirkliche Mutter von Maria. Sie war ihre Stiefmutter, die Marias alten Vater geheiratet hatte. Ann Marten war nicht viel älter als ihre Stieftochter. Als Maria noch lebte, stritten sie immer viel miteinander. Warum erschien der Geist nicht ihrem wirklichen Blutsverwandten, ihrem Vater, im Traum?

2. Eines Abends im Jahre 1826 teilte Maria Mrs Marten mit, dass sie sie verlassen würde, um Corder zu heiraten. Am nächsten Morgen sah Mrs Marten William Corder mit Spitzhacke und Spaten zur Roten Scheune gehen. Später fragte sie ihn: „Wo ist Maria?“ Corder antwortete ihr: „Sie ist nach London vorausgefahren, um die Hochzeit vorzubereiten.“ Das sagte Mrs Marten bei der Verhandlung aus. Aber keiner fragte, warum Ann Marten nicht gleich misstrauisch geworden war.

DIE FAKTEN

3. William schrieb den Martens Briefe und gab vor, dass sie von Maria stammten. Aber er legte auch Geld bei. Warum?

4. Als die Briefe und das Geld nicht mehr kamen, hatte Ann Marten ihren erstaunlichen Traum. Warum wartete der „Geist“ ein Jahr, bis er erschien?

Hier ist die Erklärung, die mit den Fakten übereinstimmt, die wir kennen:

1. Ann Marten war froh, dass Maria sie verließ. Sie schickte sie weg, um Corder um Mitternacht bei der Roten Scheune zu treffen. Es war ihr gleichgültig, ob Maria am Leben war oder nicht. Warum auch?

2. Am nächsten Tag sah sie Corder mit Spitzhacke und Spaten und wusste gleich, was geschehen war. Corder wollte das Mädchen nie heiraten – er war der Sohn eines reichen Gutsbesitzers, sie ein Bauernmädchen. Sie hätte nie in seine Gesellschaft gepasst. Aber Maria erpresste ihn – sie war schwanger, und das war nicht nur eine Schande für Corder, es

DIE FAKTEN

wäre auch gegen das Gesetz gewesen, sie nicht zu heiraten. Mrs Marten musste das wissen, teilte ihren Verdacht aber nicht den Behörden mit – sie konnte selbst Geld machen, indem sie Corder erpresste. „Zahlen Sie, oder ich lasse die Rote Scheune durchsuchen."

3. Corder ging nach London und bezahlte das Erpressungsgeld. Aber nach einer Weile wurde er nachlässig. Er hörte auf zu zahlen und glaubte sich sicher.

4. Mrs Marten war wahrscheinlich wütend. Sie konnte nicht zu den Behörden gehen und sagen: „Corder ist ein Mörder, aber er hat mir Schweigegeld gezahlt", denn dann wäre auch sie gehängt worden.

5. Sie brauchte eine gute Geschichte, die das Verbrechen enthüllen, aber ihre Rolle im Dunkeln lassen würde. Was gab es Besseres als einen Geistertraum?

DIE FAKTEN

Eine gute Geschichte, aber eine „Geistergeschichte“? Was glaubst du?

Geisterjäger, aufgepasst! Manche Leute, die behaupten, einen Geist gesehen zu haben, lügen – selbst unter Eid in einem Mordprozess. Also, glaubt nicht alles, was euch erzählt wird.

Fünf Möglichkeiten, ein Geist zu werden

1. Ohne anständiges Begräbnis sterben. Ohne ein anständiges Begräbnis kannst du nicht in Frieden ruhen und bist gezwungen, als Geist umzugehen, bis deine sterblichen Überreste beerdigt werden. Solche Geister beklagen sich über ihr Schicksal, und es heißt, dass sie ungefähr neunhundert Jahre warten müssen, wenn ihnen niemand hilft.

2. Opfer eines Mordes sein. Dann bist du gezwungen, deinem Mörder zu erscheinen und allen von deinem Tod zu berichten, bis dir Gerechtigkeit widerfahren ist.

3. Ein böser Mensch sein. Wenn du im Leben böse bist, dann wirst du auch nach dem Tod keine Ruhe finden. Du steckst im „Limbo“ fest – das heißt, zwischen Diesseits und Jenseits –, bis du lange genug für alle Taten gebüßt hast.

4. Achte darauf, ob deine Familie dich zurückruft. Wenn du im Jenseits bist, kann es sein, dass deine Familie dich zurückrufen möchte. Wenn sie ein geeignetes „Medium“ hat (jemand, der eine befreundete „Seele“ im Jenseits besitzt), dann kannst du auf die Erde zurückgerufen werden, um mit deinen Angehörigen zu sprechen.

5. Ein plötzlicher Tod. Wenn du von einem Moment auf den anderen plötzlich stirbst, kann es sein, dass du nicht mitkriegst, dass du gestorben bist. Dein Geist wandert umher und versucht weiterzumachen, als sei nichts geschehen. Der Geist bemerkt nicht, dass der Körper nicht mehr vorhanden ist, und wundert sich vielleicht nur, dass die Leute davonlaufen, wenn er sich nähert.

Der
Todestraum

Normalerweise kommt ein plötzlicher, gewaltsamer Tod vollkommen überraschend – aber manchmal weiß das Opfer ganz einfach, wie es sterben wird ...

Washington DC, USA – 14. April 1863

Präsident Abraham Lincoln hätte eigentlich der glücklichste Mann der Vereinigten Staaten sein sollen. Jahrelang hatte der Krieg zwischen den Nord- und Südstaaten getobt. Nun war er fast vorüber, und dennoch war Lincoln seltsam traurig.

Eines späten Abends saß er mit seiner Frau Mary und seinem Freund Ward Hill Lamon zusammen und trank Tee.

„Du bist heute Nacht in einer ernsten Stimmung", sagte Lamon.

Der Präsident nickte langsam. Die Jahre des Kampfes hatten ihn müde gemacht. Er war dünn und wirkte zerbrechlich. Seine schwarzen Haare und der Bart hingen unordentlich herab. „Es ist merkwürdig, wie viel in der Bibel über Träume geschrieben steht."

Der Präsident lehnte sich vor und stützte die Ellbogen auf die Knie. „Wenn wir der Bibel glauben, dann müssen wir akzeptieren, dass Gott und seine Engel den Menschen früher im Schlaf erschienen und ihnen durch Träume Botschaften übermittelten. Heute glauben die Menschen, dass Träume Unsinn sind."

Er schwieg, und seine dunklen, tief liegenden Augen blickten auf den Teppich.

„Glaubst du also an Träume?“, fragte Mary leise.

Nach einer Weile antwortete ihr Mann. „Ich kann das nicht wirklich beantworten … aber neulich hatte ich einen Traum, der mich seitdem verfolgt.“

Mary Lincoln war eine kleine, dicke Frau mit einem blassen Gesicht. Jetzt wurde sie schneeweiß. „Du machst mir Angst. Was war das für ein Traum?“

Der große Mann seufzte und spielte nervös mit seinen langen, schmalen Händen, während er den Traum erzählte. „Vor ungefähr zehn Tagen ging ich sehr früh zu Bett. Ich war erschöpft und fiel schnell in einen tiefen Schlaf. Ich begann zu träumen. Im Traum schien mich eine todesähnliche Stille zu umgeben. Dann hörte ich ein Schluchzen, so als ob eine große Anzahl von Menschen weinte. Ich träumte, dass ich mein Bett verließ und die Treppe hinunterging.

Dort hörte ich das gleiche erbarmungswürdige Schluchzen, aber die Menschen, die weinten, blieben für mich unsichtbar. Ich ging von Zimmer zu Zimmer, aber ich sah keinen lebenden Menschen, ich hörte nur die Laute von Verzweiflung und Trauer, während ich weiterging. Alle Räume waren hell erleuchtet. Ich erkannte jeden Raum, aber wo waren all die Menschen, die trauerten, als bräche ihnen das Herz?

Ich war bestürzt und besorgt. Was hatte das alles zu bedeuten? Ich ging weiter bis zum Ostzimmer und trat ein. Dort machte ich eine furchtbare Entdeckung. Vor mir stand ein Sarg, und darin lag ein Toter in Beerdigungskleidung – sein Gesicht war bedeckt. Um den Sarg herum standen Soldaten, die ihn bewachten. Eine Menschenmenge stand im Raum, einige sahen trauernd auf den Toten, andere weinten herzzerreißend.

Ich fragte einen der Soldaten, wer der Tote sei. Er sagte mir, es sei der Präsident, er sei ermordet worden! Die Menge brach in lautes Schluchzen aus, und ich erwachte davon. Ich konnte in dieser Nacht nicht mehr schlafen, und obwohl es nur ein Traum war, bin ich seitdem auf seltsame Weise beunruhigt." Der Präsident schwieg. Das war das Ende der Geschichte.

„Das ist ja entsetzlich!" Mary rang nach Luft. „Ich bin froh, dass ich nicht an Träume glaube, sonst wäre ich in ständiger Angst!" Sie zog sich eilig in ihr Schlafzimmer zurück, in die Geborgenheit ihres Bettes.

Aber Lamon blieb. „Abraham, vielleicht solltest du vorsichtiger sein. Geh im Dunkeln nicht aus, auch nicht mit Bewachung."

Der Präsident lächelte müde. „Warum würde mich irgendjemand ermorden wollen? Und wenn er wollte, dann könnte er es zu jeder Zeit tun, bei Tag oder Nacht. Wenn er bereit ist, bei dem Versuch selbst zu sterben. Das ist alles Unsinn! Welcher Mann wäre bereit, sein Leben für meines zu geben?"

John Wilkes Booth war damals vielleicht der berühmteste Schauspieler Amerikas. Groß, gut aussehend und populär, liebte er den Schauspielerberuf und den Ruhm, der damit einherging. Aber das reichte ihm noch nicht. Booth wollte noch größeren Ruhm. Er wollte ewigen Ruhm. Er wollte durch eine große Tat im Gedächtnis der Menschen bleiben und nach seinem Tod in ihrer Erinnerung weiterleben.

John Wilkes Booth lebte in den Nordstaaten, aber er hatte während des Krieges die Südstaaten unterstützt, wo er geboren worden war. Ein Mann hatte diesen Krieg begonnen, und Wilkes Booth hasste diesen Mann wie den Teufel. Ein Mann war für den Sieg über die Südstaaten verantwortlich, und Wilkes Booth hasste ihn so sehr, dass er ihn töten wollte – und wenn es ihn sein Leben kostete! Dieser eine Mann war Abraham Lincoln.

Wilkes Booth schmiedete Pläne, aber es gab nur wenige Männer, die bereit waren, ihr Leben aufs Spiel zu setzen, um Lincoln tot zu sehen. Er wusste, er würde das Attentat alleine ausführen müssen. Einem einzelnen Mann sollte es aber nicht so ohne weiteres möglich sein, einen gut bewachten Präsidenten zu ermorden. Er würde eine Menge Glück brauchen.

Die Leute wollten den Präsidenten sehen, der ihnen geholfen hatte, den Krieg zu gewinnen. Der Präsident war kein großer Theaterfreund, aber ein Besuch würde die Leute freuen, die ihn in der Öffentlichkeit auftreten sehen wollten. Er entschloss sich daher, eine Komödie im Ford-Theater anzusehen.

Der Präsident würde nicht inmitten der Menge auf einem gewöhnlichen Platz sitzen. Er würde den besten Platz im Ford-Theater haben – die Loge neben der Bühne.

Dort war er ungestört; die Zuschauer konnten ihn nur sehen, wenn er sich vorbeugte. Er war dort sicher; die Hintertür zur Loge war abgeschlossen, und um diese Tür zu erreichen, müsste der Mörder durch eine weiße Tür gehen, die von einem bewaffneten Polizisten bewacht wurde.

John Wilkes Booth war Schauspieler und kannte das Ford-Theater daher wie sein Zuhause. Der verhasste Präsident würde geradewegs in die vom Mörder gewählte Falle gehen. Am selben Nachmittag begann Booth seinen Plan zu schmieden.

Als Erstes das Stück. Booth betrat das Theater.

„Guten Tag", flüsterten die Bühnenarbeiter, die sich freuten, den berühmten Mann zu sehen. Sie führten ihn auf einen Platz, von wo aus er den Schauspielern bei der Probe zusehen konnte.

Booth sah sich das Stück an und notierte sich zu jeder Szene, wann sie begann und wann sie endete. Nun stand der Schauspieler Henry Hawk auf der Bühne. Allein. Booth überlegte, dass dies ein guter Zeitpunkt wäre, den Präsidenten zu ermorden. Danach könnte er von der Loge des Präsidenten auf die Bühne springen, und nur Henry Hawk stünde zwischen ihm und der Freiheit.

Booth sah auf die Uhr. Das Stück dauerte nun schon zweieinviertel Stunden. Bei der Aufführung würde diese Szene um Viertel nach zehn gespielt werden. Um diese Zeit würde der Präsident sterben.

Henry Hawk sah auf die Seite der Bühne und rief einem verwirrten alten Mann nach: „Du besoffene alte Fußangel!“ Das würde viel Gelächter hervorrufen.

Niemand bemerkte, wie Booth sich von seinem Sitz schlich und nach oben zu den leeren Logen ging. Er trat durch die weiße Tür. Er fand ein Stück Holz und steckte es zwischen die weiße Tür und die daran anschließende Wand. Nach seiner Flucht würde das Holz die Tür blockieren.

Er versuchte die Tür zur Loge des Präsidenten zu öffnen und sah sich das Schloss genau an. Es war kaputt! Booth konnte sein Glück kaum fassen.

Der Schauspieler zog ein kleines Messer aus der Tasche und bohrte ein Loch in die Tür, die zur Loge führte. Von dort konnte er den Rücken des Sessels sehen, auf dem der verhasste Lincoln sitzen würde. Der spezielle Sessel des Präsidenten – ein Schaukelstuhl.

Er stand im Schatten im hinteren Teil der Loge und beobachtete die Schauspieler bei der Probe. Die Bühne lag nur drei Meter unter ihm. Ein leichter Sprung in die Freiheit.

John Wilkes Booth verließ das Theater. Alles, was er tun musste, war abwarten.

Es wurde dunkel. Lincoln machte sich auf den Weg zum Theater. Als sein Tagesposten Crooks das Weiße Haus verließ, sagte Lincoln: „Auf Wiedersehen, Crooks.“ Der Wachposten wunderte sich, warum der Präsident „Auf Wiedersehen“ und nicht „Gute Nacht“ gesagt hatte.

Der Nachtposten kam wie immer zu spät. Und hundert Meilen südlich von Washington sah Ward Hill Lamon in den düsteren Himmel und machte sich Sorgen um seinen Freund, den Präsidenten.

Er hoffte, dass Lincoln seiner Warnung folgen und nicht ausgehen würde. Lamon erinnerte sich plötzlich an eine andere merkwürdige Vision, die Lincoln einst gehabt hatte. Der Präsident hatte auf einer Couch gelegen und in einen Spiegel gesehen. Er sah zwei Spiegelbilder: eines hell und leuchtend, das andere so grässlich wie der Tod. „Ich verstehe die Bedeutung, Lamon. Ich werde zweimal das Präsidentenamt bekleiden. Die erste Amtsperiode wird gut verlaufen, aber vor dem Ende der zweiten Amtsperiode werde ich sterben.“

In dieser Nacht nahte das Ende der zweiten Amtsperiode von Lincolns Präsidentschaft. Lamon schauderte. Er würde es sich nie verzeihen, wenn seinem Freund etwas zustieße und er nicht anwesend wäre.

Als sich der Zeiger der Uhr langsam auf Viertel nach zehn zubewegte, ging der Mond auf. Farmer im Westen der Staaten schworen, dass der Mond in jener Nacht blutrot aufging.

John Wilkes Booth ging durch den Haupteingang des Theaters.

„Ihre Karte, bitte?“, fragte der Kartenverkäufer.

Booth spielte den Schockierten. „Sie werden doch von mir keine Eintrittskarte verlangen! Sie wissen wer ich bin?“

Der Kartenverkäufer erkannte den berühmten Schauspieler und grinste. „Entschuldigen Sie, Mr Booth. Bitte gehen Sie hinein!“

Der Schauspieler trug eine kleine Pistole mit nur einer Kugel in seinem Ärmel und ein großes Messer im Gürtel.

Er ging die Treppe hinauf und übte den wichtigsten Satz, den er je hatte auswendig lernen müssen. Dieser Satz würde den Wachposten an der weißen Tür hinters Licht führen: „Eine Nachricht für den Präsidenten!“

Booth kam im verdunkelten Theater langsam die Seitentreppe herunter, die zur Präsidentenloge führte. Er gelangte zur weißen Tür. Der Stuhl des Wachposten war leer. Der Polizeibeamte John F. Parker war bis zehn Uhr dort geblieben. Da er von dort das Stück nicht sehen konnte, hatte er sich gelangweilt. Er hatte das Theater während der Pause verlassen und war in ein Gasthaus um die Ecke gegangen, um ein Bier zu trinken. Er kam nicht mehr zurück.

Booth hatte also Glück. Er brauchte seine gut geprobten Zeilen gar nicht. Er öffnete die weiße Tür und klemmte sie hinter sich mit dem Holzstück zu. Dann schlich er sich zur Logentür und sah durch das Loch, das er an der Seite gebohrt hatte. Die Stimmen der Schauspieler klangen von der Bühne herauf. Als er sich an das Halbdunkel in der Loge gewöhnt hatte, erkannte er den Schaukelstuhl. Und der Kopf des verhassten Lincoln wurde über der hohen Rückenlehne sichtbar.

Booth griff mit der Hand nach der Pistole. Mit der anderen Hand drehte er langsam den Griff der unverschlossenen Tür und schlüpfte ganz leise in die Loge. Der Kopf des Präsidenten war nur einen Meter von ihm entfernt. Der Mörder hob im Dunkeln die Pistole. Die Hand mit der Pistole kam immer näher – der Präsident starrte auf die Bühne. Die Schauspieler gingen einer nach dem anderen von der Bühne ab, nur Henry Hawk war noch übrig.

Auf der Bühne rief der Schauspieler: „Du besoffene alte Fußangel!"

Das waren die letzten Worte, die der sechzehnte Präsident der Vereinigten Staaten hörte. Die Zuschauer brüllten vor Lachen – so laut, dass sie den Schuss nicht hörten. Die einzige Kugel traf den Kopf des Präsidenten. Sie schlug hinter dem linken Ohr ein und blieb hinter seinem rechten Auge stecken.

„Rache für den Süden!", rief Booth.

Mrs Lincoln drehte sich um und sah den gut aussehenden jungen Mann, der plötzlich in ihrer Loge erschienen war. Sie wunderte sich, warum sich ihr Mann nicht bewegte. Langsam trieb der Qualm des Schießpulvers auf sie zu, und im Gaslicht der Bühne sah sie das Messer in der Hand des Mörders blitzen.

Der schrille Schrei von Mary Lincoln übertönte das laute Gelächter der Zuschauer. Der Todestraum des Präsidenten war wahr geworden.

Booth sprang auf die Bühne und brach sich das Bein. Es

gelang ihm zu entkommen, aber er wurde später in einer Scheune gefunden und erschossen.

„Welcher Mann wäre bereit, sein Leben für meines zu geben?“, hatte sich Präsident Lincoln gefragt. Die Antwort war: John Wilkes Booth.

Lincoln wurde vom Ford-Theater in ein gegenüberliegendes Haus getragen. Er starb am nächsten Morgen.

Die Ermordung von Präsident Lincoln

Ungefähr hundert Jahre später wurde Präsident John F. Kennedy erschossen. Viele Menschen sehen erstaunliche Ähnlichkeiten zwischen den beiden Attentaten.

1. Der Nachfolger von Präsident Lincoln war sein Vizepräsident Johnson. Präsident Kennedys Nachfolger war ebenfalls sein Vizepräsident – ein Mann namens Johnson.

2. Der Mörder Lincolns, John Wilkes Booth, trug einen dreiteiligen Namen mit insgesamt fünfzehn Buchstaben. Der Mörder Kennedys, Lee Harvey Oswald, hatte ebenfalls einen dreiteiligen Namen mit insgesamt fünfzehn Buchstaben.

3. Lincoln starb durch eine Kugel in den Hinterkopf, als er neben seiner Frau im Ford-Theater saß. Kennedy starb durch eine Kugel in den Hinterkopf, als er neben seiner Frau in einem Ford-Wagen saß.

4. Der Mörder Lincolns erschoss den Präsidenten in einem Theater und versteckte sich in einem Lagerraum (einer Scheune). Der Mörder Kennedys erschoss den Präsidenten von einem Lagerraum aus und versteckte sich in einem Theater.

Die Legende von Lincoln

Lincolns Todestraum wurde von Lamon als wundersame Warnung dargestellt – aber er erzählte diese Geschichte erst eine geraume Zeit nach Lincolns Ermordung. Im Laufe der Jahre entstanden viele Geschichten um Lincoln und seine Verbindung zum Übersinnlichen. Man erzählte sich, dass …

DIE FAKTEN

1. … Lincoln zu einem Medium ging, das mit den Toten in Verbindung stand. Dieses Medium sagte ihm, es sei der Wunsch der Geister der Verstorbenen, dass er die Sklaven in den Südstaaten befreie. Er nahm ihren Rat an, und dies war die Ursache für den amerikanischen Bürgerkrieg.

2. … eine Frau zu einem spiritistischen Fotografen ging. Sein Geschäft war es, von Lebenden Fotos zu machen, die nach ihrer Entwicklung auch Abbilder von Toten zeigten. Als das Bild der Frau entwickelt wurde, sah ihr Abraham Lincoln über ihre Schulter. Die Frau enthüllte ihren wirklichen Namen – es war Mary Lincoln, die Witwe des Präsidenten.
Aber der Fotograf wurde später beschuldigt, ein Schwindler zu sein! Einige seiner Fotos wurden als Fälschungen entlarvt.

DIE FAKTEN

3. Es hat im Lauf der Jahre viele Berichte darüber gegeben, dass der Geist von Lincoln im Weißen Haus erscheine.

- Mrs Mary Lincoln war die Erste, die berichtete, dass ihr der Geist ihres Mannes erschienen sei. Mrs Lincoln war aber eine nervöse, hysterische Frau mit äußerst lebhafter Phantasie. Sie wurde später schwer geisteskrank.

- Königin Wilhelmina von den Niederlanden wohnte gerade im Weißen Haus, als sie ein Klopfen an ihrer Schlafzimmertür vernahm. Sie öffnete – und fiel ohnmächtig nieder. Sie erzählte später Präsident Roosevelt, dass die Gestalt von Präsident Lincoln vor ihr gestanden habe.

- Präsident Roosevelt sah den Geist selber nie, aber er sagte einmal, dass er, wenn er allein im Blauen Zimmer sitze, oft die beruhigende Anwesenheit von Lincolns Geist spüren könne.

DIE FAKTEN

● Präsident Harry H. Truman erzählte, dass er im Weißen Haus mehrere Male durch ein Klopfen an seiner Schlafzimmertür geweckt worden sei. Im Gegensatz zu Königin Wilhelmina hat Truman aber nie einen Geist gesehen.

● Dem Erscheinen von Lincolns Geist ging oft ein lautes, dröhnendes Lachen voraus, für das Lincoln zu seinen Lebzeiten bekannt war.

● Ein verschrecktes Hausmädchen erzählte Präsident Roosevelts Frau, sie habe Präsident Lincoln im Lincoln-Zimmer gesehen. Die Erscheinung sei auf dem Bettrand gesessen und habe sich die Stiefel ausgezogen.

Der Fluch
der Mumie

Einige der bedeutendsten historischen Unternehmungen scheinen schon verflucht zu sein, bevor sie begonnen haben. Und manchmal wartet der Fluch 3.000 Jahre, bis er wirksam wird!

Ägypten – 1890

Man hätte die Mumie der Prinzessin Amen-Ra in Frieden ruhen lassen sollen. Sie war zu ihren Lebzeiten böse genug gewesen – nach ihrem Tod war sie noch schlimmer. Sie hatte einst einen Befehl gegeben, der dazu führte, dass mehr als hundert Männer als Sklaven verkauft oder grausam umgebracht wurden. Dann wurde Prinzessin Amen-Ra von einem ihrer Liebhaber erstochen. Sie starb 1.500 Jahre vor Christi Geburt. Wie es Sitte war, wurde ihre Leiche mumifiziert.

Ihre Leiche wurde in Salzen getrocknet und in Binden gewickelt. Magische Amulette und Zaubersprüche wurden auf Pergamente geschrieben und mit in die Binden eingewickelt. Manche sagen, die Amulette sollten böse Geister fernhalten. Andere sagen, die Amulette seien Flüche, die jedem Unheil bringen sollten, der die Ruhe der Prinzessin störte.

Ihre von Amuletten geschützte Mumie wurde in einen steinernen Sarg – einen Sarkophag – gelegt und in einem tiefen Felsengrab an den Ufern des Nils versteckt. Die Gräber in den Pyramiden waren bereits alle ausgeraubt worden. Die Felsengräber schienen vor den grimmigen, habgierigen

Grabräubern mehr Schutz zu bieten. Aber schließlich fanden sie die Mumie doch.

Sie raubten aus ihrem Grab alles Gold und alle Schätze, die neben ihr lagen. Dann blieb den Räubern schließlich nur noch ihre Mumie. Diese war wertlos – außer sie würden einen Käufer für die 3.000 Jahre alte Dame finden. Sie hatten Glück. Mumien waren damals im viktorianischen England gerade in Mode. Die Leute kauften mumifizierte Hände und Füße als Dekoration für ihre Wohnung!

In diesem Augenblick kamen vier junge Männer in Luxor an, die darauf brannten, Souvenirs mit nach Hause zu nehmen. Die jungen Männer losten. Der Gewinner würde die Mumie kaufen und in ihrem schönen Steinsarkophag mit nach Hause nehmen.

Der Gewinner bezahlte die Diebe in bar; es kostete ihn mehrere hundert Pfund. Er ließ den Sarkophag in sein Hotel bringen. Das war der Augenblick, als der Fluch aus seinem uralten Schlaf erwachte und zu wirken begann. Der erste junge Mann, der die Mumie gekauft hatte, sagte: „Ich mache einen Spaziergang.“

Er ging in die Wüste und wurde nie wieder gesehen.

Am nächsten Tag hatte der zweite junge Mann einen Streit mit seinem ägyptischen Diener. Der Diener zog eine Pistole und schoss dem jungen Mann in den Arm. Die Wunde begann zu eitern. Der Chirurg konnte das Leben des jungen Mannes nur dadurch retten, dass er ihm den Arm amputierte.

Der dritte junge Mann fuhr nach Hause, wo furchtbare

Nachrichten auf ihn warteten. Seine ganzen Ersparnisse waren in einer Bank deponiert – diese Bank war Bankrott gegangen, und sein gesamtes Geld war verloren.

Der vierte junge Mann wurde krank, zu krank, um zu arbeiten. Er verlor seinen Job und beendete sein Leben als Streichholzverkäufer auf der Straße.

Der Sarkophag gelangte nach England, wo ein Geschäftsmann in London die alte Amen-Ra kaufte.

Er schenkte sie dem Britischen Museum, denn nicht lange, nachdem die Mumie angekommen war, wurden drei Familienmitglieder bei einem Unfall verletzt und in seinem Haus brach ein Brand aus.

Das Museum nahm das Geschenk an. Der Wagen fuhr im Hof des Museums ein. Als abgeladen wurde, scheute das Pferd und wich zurück. Der Wagen rumpelte über das Kopfsteinpflaster und krachte in eine Mauer. Dabei wurde ein Passant zwischen Mauer und Wagen eingeklemmt. Er musste ins Krankenhaus eingeliefert werden.

Zwei Arbeiter trugen Amen-Ra ins Museumsgebäude. Als sie die Treppe hinaufstiegen, entglitt ihnen der Sarg. Der erste Mann fiel hin und brach sich ein Bein. Der zweite ging gesund nach Hause. Er starb zwei Tage darauf.

Würde Prinzessin Amen-Ra nun endlich in Frieden ruhen? Sie konnte es nicht. Museumswächter hörten sie in ihrem Sarg weinen. Wertvolle Gegenstände in ihrem Raum wurden in die Höhe gehoben und dann fallen gelassen. Ein Museumswächter behauptete, er sei angegriffen worden.

Das Reinigungspersonal ging selbstverständlich nicht in die Nähe der Prinzessin. Ein Mann berührte sie nur ein wenig mit dem Staubwedel, um zu beweisen, dass er sich nicht fürchtete. Innerhalb einer Woche starb sein Kind an den Masern.

Amen-Ra wurde weggesperrt und ihr Sarg in den Keller gestellt, wo sie keinen Schaden anrichten konnte.

Eine Zeitung erfuhr von der Geschichte und sandte einen Fotografen. Als das Foto entwickelt wurde, sah man darauf ein so bösartiges und grauenerregendes Gesicht, dass sich der Fotograf fast zu Tode erschreckte. Man sagt, er habe sich in derselben Nacht erschossen.

Das Museum verkaufte die Mumie und den Sarkophag an einen anderen Sammler. Aber als ein Gast ihm sagte, dass er die Mumie aus dem Sarg steigen und auf sich zukommen gesehen hatte, musste er sie wieder verkaufen.

Kein Museum wollte Amen-Ra. Kein Sammler hatte die Nerven, das Risiko auf sich zu nehmen. Schließlich sagte ein furchtloser Archäologe aus den Vereinigten Staaten, er werde den verfluchten Sarkophag und die böse Prinzessin kaufen.

Sie wurde auf einen großen Ozeandampfer geladen und in ein besonderes Abteil hinter der Schiffsbrücke gesperrt. Sie war zu wertvoll, um in den untersten Laderaum gehievt zu werden, wo die anderen Schätze untergebracht waren.

Sie schien dort eigentlich ruhig zu liegen, aber …

April 1912 – Atlantischer Ozean

Auf dem Oberdeck des Dampfers gähnten und räkelten sich die letzten Passagiere und bereiteten sich darauf vor, zur Nachtruhe in ihre Kabinen zu gehen. Mrs Ida Straus wandte sich zu ihrem Mann. „Machen wir noch einen Spaziergang an Deck, Isidor, bevor wir nach unten in die Kabine gehen?“, schlug sie vor.

Er sah über seine goldgeränderten Brillengläser. „Es ist aber sehr kalt da draußen“, sagte er.

„Aber auch sehr schön“, drängte sie ihn. „Nun komm schon. Die frische Luft wird dir guttun.“

Er seufzte. Es hatte keinen Sinn, Ida zu widersprechen, wenn sie sich einmal etwas in den Kopf gesetzt hatte. Er half seiner Frau in den Mantel, und sie gingen gemeinsam hinaus.

Das Meer war dunkler als Isidors kostbare, schwarze Stiefel und vollkommen ruhig. Der Himmel war mondlos, aber voll hell leuchtender Sterne. Der Kreuzer vibrierte leicht, während ihn die mächtigen Motoren über den Atlantik schoben, und die einzigen Geräusche kamen vom Orchester, das irgendwo unten im Ballsaal spielte.

Zuerst glaubte Ida, das Deck sei verlassen. Dann sah sie eine glühende Zigarre. Ein Mann stand am anderen Ende der Reling. „Guten Abend! Was für ein schöner Abend!“, rief Mrs Straus.

Der Mann wandte sich um. Er streckte Isidor seine Hand entgegen. „Guten Abend, Sir. Ich bin William Stead.“

„Ah, der Schriftsteller!“, sagte Isidor und schüttelte die Hand des Mannes mit dem dichten, grauen Bart. „Das ist meine Frau Ida, und ich bin Isidor Straus.“

„Mmh, Kongressabgeordneter und Bankier“, nickte Stead.

„Ich mag Ihre Geschichten, Mr Stead. Gute Abenteuergeschichten. Gut zu lesen!“, sagte Isidor eifrig.

„Brrr“, zitterte seine Frau. „Zu schaurig für mich!“

Stead sah sie überrascht an. „Schaurig, Mrs Straus? Welche von meinen Geschichten könnten Sie schaurig finden?“

„Jene, die davon handeln, dass man mit den Geistern von Verstorbenen spricht“, sagte sie fest.

„Sie glauben nicht an solche Dinge?“, fragte der Schriftsteller.

„Doch. Deswegen machen sie mir ja Angst!“ Sie lächelte, sah aber nicht allzu ängstlich aus. „Sind Sie deswegen hier draußen? Sprechen Sie mit den Geistern des Atlantiks?“

Stead lachte. „Nein …“

„Geister auf diesem Schiff vielleicht? Es ist doch sicher zu neu, als dass Geister von toten Seeleuten an Bord sein könnten!“ Ida kicherte. Der Bankier spürte, dass Stead etwas für sich behielt. „Aber?“

„Es ist nichts.“

„Na los schon, Mann. Was wissen Sie so Geheimnisvolles über dieses Schiff?“, drängte Isidor.

Stead zuckte mit den Achseln. „Ein Gefühl. Etwas Beunruhigendes. Irgendetwas, das ich immer spüre, wenn ich in die Nähe der Brücke gehe.“

„Kein Grund zur Besorgnis, Mr Stead“, sagte Ida und tätschelte seinen Arm. „Mir hat gestern jemand gesagt, dass nicht einmal Gott selbst dieses Schiff zum Sinken bringen könnte.“

„Das wird dir Stead nicht glauben, meine Liebe!“ Isidor lachte. „Ich glaube mich erinnern zu können, dass er einmal eine Geschichte über ein Schiffsunglück geschrieben hat. Ein unsinkbares Schiff, das dann doch sank. Stimmt’s, Mr Stead?“

„Das war vor zwanzig Jahren“, sagte er.

„Mach dir keine Sorgen“, sagte Isidor zu seiner Frau. „Wenn ihm die Geister mitgeteilt hätten, dass dieses Schiff sinken wird, dann wäre er jetzt nicht hier, nicht wahr, Mr Stead?“

Der Bankier blinzelte. „Mr Stead? Mr Stead?“

„Oh, Entschuldigung, Mr Straus ...“ stammelte der Schriftsteller.

„Was sehen Sie?“, fragte Isidor.

„Einen Flecken auf den Sternen – sehen Sie. Der Himmel ist voller Sterne ... dort drüben ... folgen Sie meinem Arm ... sehen Sie! Etwas Riesiges verdeckt sie!“

„Guter Gott!“, rief Ida aus. „Was um Himmels willen kann das sein?“

Stead befeuchtete seine Lippen, die plötzlich seltsam trocken waren. „Es ist gigantisch! Ein Schatten über den Sternen! Er wird mit jeder Sekunde größer!“

„Nein!“, sagte Isidor entschieden. „Wir kommen ihm bloß näher.“

Plötzlich durchschnitt eine Stimme, die aus der Ferne zu kommen schien, die kristallklare Nacht. „Eisberg voraus!“

„Ah!“, seufzte Ida. „Nur ein Eisberg! Sie haben mir bereits Angst gemacht, Mr Stead, mit Ihren Geschichten von Schiffsunglücken und Schiffe verschluckenden Schatten.“

Stead lächelte schwach. „Entschuldigen Sie, Mrs Straus. Ja, jetzt können wir es sehen. Jetzt, wo es von den Lichtern des Schiffes erfasst wird. Nur ein riesiger Eisblock!“

„Wirklich riesig!“ Isidor rang nach Luft. „Mein Gott, er ist höher als der Mast … und so weit südlich, wer hätte das gedacht?“

„Ah, das Schiff dreht jetzt ab, wir werden ihn aus den Augen verlieren“, murmelte Ida. Während sie das sagte, schwankte das Schiff leicht und rieb den Eisberg entlang. Das

Deck unter ihren Füßen erbebte, als es an den viel größeren Berg, der unter der Wasseroberfläche lag, streifte. Der Eisberg geriet hinter ihnen außer Sicht.

„Sehen Sie, Ihre Befürchtungen wegen etwas Schrecklichem, das auf diesem Schiff lauert, waren unbegründet, Mr Stead. Kommen Sie herein und lassen Sie uns einen letzten Drink nehmen. Ich glaube, die Bar ist noch offen." Ida lächelte und ging voran in den warmen Salon.

Stead folgte ihr langsam. Er fühlte sich immer noch unbehaglich. Das Schiff war langsam zum Stehen gekommen. Irgendwo unten konnte man Getrappel und unruhige Stimmen hören.

Ida Straus nahm ihn sanft am Arm. „Sie sorgen sich zu viel, Mr Stead. Jedermann weiß, dass die Titanic unsinkbar ist!"

DIE FAKTEN

Fünf Tatsachen über die Titanic

1. Isidor Straus und seine Frau kamen beim Untergang der Titanic um. Frauen und Kinder hatten Vortritt zu den Rettungsbooten – aber sie weigerte sich, ohne ihren Mann zu gehen, und sagte: „Wir haben gemeinsam begonnen, und wenn es sein muss, werden wir gemeinsam enden.“ Sie kümmerten sich darum, dass ihr Dienstmädchen in Sicherheit kam, und gingen dann Arm in Arm in ihre Kabine, um dort auf den Tod zu warten. Wie viele andere in jener Aprilnacht starben sie, damit andere eine Chance hatten zu überleben.

2. William Stead schrieb seine Geschichte über die Schiffskatastrophe im Jahre 1892. Sie war der wirklichen Katastrophe der Titanic zwanzig Jahre später erstaunlich ähnlich – doch das hat ihn nicht davon abgehalten, die Reise zu unternehmen. Er wurde zuletzt gesehen, als er alleine in einem der Raucherzimmer saß und las. Nach Aussage eines Besatzungsmitglieds, das an dem Raum vorüberging, sah er so aus, als habe er vor, dort zu bleiben, was immer auch geschehen würde. Stead wurde nie mehr gesehen.

DIE FAKTEN

3. Steads Geschichte war eine höchst erstaunliche Voraussage. Aber ein Schriftsteller namens Morgan Robertson dachte sich eine noch seltsamere Geschichte aus. Sein Roman „Sinnlosigkeit“ erzählt von einem Kreuzschiff, das das größte und schönste war, das je gebaut wurde – genau wie die Titanic.

- Auf seiner Jungfernfahrt über den Atlantischen Ozean kollidierte es mit einem Eisberg und sank – genau wie die Titanic.

- Weil es zu wenige Rettungsboote gab, kamen mehr Passagier um als nötig – genau wie auf der Titanic.
Robertsons Schiff war 800 Fuß lang; die Titanic 882 Fuß.

- Robertsons Schiff hatte drei Schiffsschrauben; die Titanic auch.

DIE FAKTEN

- Robertsons Schiff kollidierte mit dem Eisberg bei einer Geschwindigkeit von fünfundzwanzig Knoten; die Titanic bei dreiundzwanzig Knoten.

- Robertsons Schiff hatte vierundzwanzig Rettungsboote; die Titanic besaß zwanzig Boote.

- Robertsons Schiff sank im April; die Titanic auch.

- Robertson schrieb seine Geschichte im Jahre 1898, zehn Jahre, bevor irgendjemand die Titanic auch nur erträumen konnte. Die erstaunlichste „wahre“ Tatsache ist aber der Name, den er seinem Schiff gab – die Titan!

4. Der Untergang der Titanic ist ein besonders bekanntes Schiffsunglück, weil sie als unsinkbar galt und weil in jener Nacht so viele berühmte Leute umkamen – ungefähr 1.500 der 2.300 Menschen an Bord verloren ihr Leben. Das sind aber nicht annähernd so viele wie beim schlimmsten Schiffsunglück der Geschichte. Das war am 30. Januar 1945, als ein russisches U-Boot ein deutsches Passagierschiff

DIE FAKTEN

versenkte und dabei 7.700 der 8.700 Männer, Frauen und Kinder an Bord ums Leben kamen.

5. Die Geschichte von Amen-Ras Mumie und ihrem Fluch ist eine bekannte Legende – aber es ist schwierig, einen seriösen Beweis dafür zu finden, dass der Fluch wirkte oder dass der Sarkophag überhaupt an Bord der Titanic war. Die Leute, die die Geschichte mit der Mumie erzählen, behaupten, dass sie heimlich auf das Schiff gebracht wurde, damit sich die Passagiere keine Sorgen machten. Deshalb gibt es auch keine Aufzeichnung darüber, dass sie dort war.

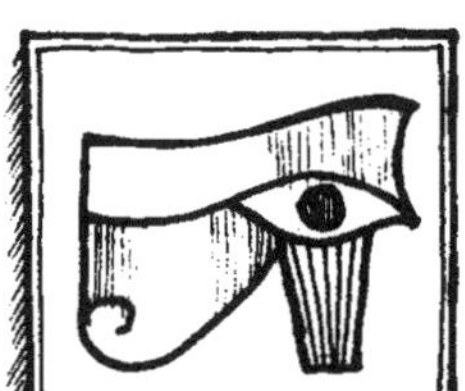

Der
Albtraumhof

Manchmal spuken Geister an dem Ort, wo sie starben, und wiederholen die Art und Weise, wie sie umkamen – zum Entsetzen der Lebenden.

Bretagne, Frankreich – August 1951

„Wenn es regnet, dann aber gleich richtig“, dachte John Allen. Er kämpfte sich die schlammige französische Landstraße entlang und verfluchte sein Pech.

Er war am Morgen in Frankreich angekommen und von der Fähre gestiegen, um seine Radwanderung zu beginnen. Erst hatte es zu regnen begonnen. Dann hatten ihn die Autos, die ihn auf der Straße überholten, in Kaskaden von feinem Sprühnebel getaucht.

Deshalb war John von der Hauptstraße auf einen ruhigeren Feldweg abgebogen, in der Hoffnung auf leichtere Fahrt. Das war sein erster Fehler. Der Regen war stärker geworden, aber jetzt befand er sich ohne eine Möglichkeit, Schutz zu finden, mitten in der Landschaft.

Wie er so durch die schlammigen Pfützen radelte, übersah er eine zerbrochene Flasche, die in einer von ihnen lag. Er hörte das Splittern des Glases und den plötzlichen Knall, als sein Reifen platzte.

John seufzte und stieg vom Fahrrad, um sich den Schaden anzusehen: Der Schlauch war zerrissen. Er hatte Flickzeug dabei, aber hier handelte es sich nicht um ein kleines Loch – es war ein großer Riss. Er versuchte ihn zu überkleben. Aber der Regen rann über den Gummi, und kein Flicken hielt. Er brauchte einen neuen Schlauch. Zu Fuß machte er sich auf den Weg zum nächstgelegenen Dorf. Das letzte Dorf lag fünf Meilen zurück, das nächste war sicher näher. Er ging weiter. Das war sein zweiter Fehler.

Nach zwei Stunden hatte John noch immer weder ein Haus noch einen Menschen gesehen. Seine Füße und Beine waren voller Schlamm, und das Rad schien ihm fünfmal schwerer als beim Aufbruch.

Er blickte geradeaus, wischte sich den Regen aus den Augen und sah plötzlich ein einsames Haus vor sich. Das bedeutet Wärme und ein Dach über dem Kopf, dachte er sich. Zwar kein Dorf mit einem Fahrradgeschäft, aber endlich ein Ort zum Ausruhen. Er bog von dem schlammigen Feldweg ab und ging auf das Haus zu. Das war Johns dritter und größter Fehler.

Der Zufahrtsweg war überwachsen. Es war ein trüber, fahler Spätnachmittag, aber er sah kein Licht in den Fenstern. Es war ein großes Haus mit schönen, hohen Schornsteinen, aus denen aber kein Rauch kam. Es war sicher einmal ein Bauernhof gewesen – neben dem Haus standen Scheunen und Schuppen. Und es musste einem reichen Bauern gehört haben, denn der Garten besaß sogar einen Teich.

Der Mut verließ ihn. Das Gehöft war offensichtlich verlassen. Kein warmer Empfang. Wenigstens würde es ihm Schutz bieten. Er könnte hier warten, bis seine Sachen trocken waren und der Regen nachließ.

Er klopfte an die schwere Eingangstür. Das Klopfen dröhnte durch das leere Haus. Er drehte am Türgriff. Zu seiner Überraschung war nicht abgeschlossen. John betrat die düstere Diele und schob sein Fahrrad hinein.

„Hallo?“, rief er. Aber niemand antwortete.

Er lehnte sein Rad an die Wand und ging ins Wohnzimmer. Merkwürdigerweise waren noch Möbel darin. Der Geruch von Feuchtigkeit und Verfall überwältigte ihn fast. Aber der Kamin sah sehr einladend aus. John lief durch den strömenden Regen hinaus in die Scheune, wo er Stroh und ein paar trockene Holzscheite fand, mit denen er Feuer machen konnte.

Als er in das Wohnzimmer zurückkam, hätte er vor Schreck fast das Holzbündel fallen lassen. Denn auf dem staubigen Boden sah er eine Spur. Sie führte von der geschlossenen Terrassentür zum Sofa. Selbst in dem düsteren Raum glänzte die Spur. Sie war aus dickem, feuchtem Schleim.

John ging darum herum und legte das Holz in den Kamin. Seine Hände zitterten, als er versuchte, ein Streichholz anzuzünden. Schließlich begann das Holz zu brennen. Er konnte sehen, dass die Spur beim Sofa aufhörte. Im flackernden Licht des Kamins konnte er nun erkennen, dass etwas auf dem Sofa lag.

Er leckte sich den Regen vom Kinn, weil sein Mund plötzlich eigenartig trocken war. Dann starrte er auf die Stoff-Fetzen, die auf dem Sofa lagen. Es waren die Überreste eines Pyjamas – schlammig, schimmlig und stinkend. Schlimmer noch, sie jagten John Angst ein. Er wich zurück.

Ein plötzlicher Luftzug blies das Feuer aus und hüllte den Raum wieder in spätnachmittägliches Dämmerlicht. Ein Geräusch in der Eingangshalle ließ John nach einem Schürhaken greifen. Es war das Geräusch von etwas Nassem, Weichem, das auf den Boden fiel.

„Wer ist da?" John ging vorsichtig zur Tür und riss sie auf. Aber da stand nur sein tropfendes Fahhrad, genau dort, wo er es abgestellt hatte.

Er lachte über seine eigene Angst und lief zurück, um das Feuer wieder anzuzünden. „Wenn ich erst einmal warm und trocken bin, geht´s mir bestimmt besser", murmelte er. „Aber ich glaube nicht, dass ich die Nacht über hier bleiben werde."

Dann kam plötzlich wieder das angsterregende Geräusch vom Eingang her. Diesmal schien es näher! Eine dicke Spur aus Schleim schlängelte sich durch die Diele. Schlimmer noch, sie bewegte sich auf das Zimmer zu!

John wich zurück. Die Schleimspur folgte ihm. Er stand jetzt mit dem Rücken zum Kamin, aber die Spur schien nicht an ihm interessiert zu sein – noch nicht.

Die Spur wandte sich zum Sofa und zum zerrissenen Pyjama. Als sie das Sofa erreicht hatte, schien der Pyjama ruckartig zum Leben erweckt zu werden. Zuerst erhob er sich, wie von einer unsichtbaren Hand geführt. Dann begann er anzuschwellen, als würde er von einem lebendigen Körper ausgefüllt. Aber es war ein unsichtbarer Körper und ein sehr nasser obendrein, denn der Pyjama triefte von Wasser.

John wartete nicht ab, was der Pyjama als Nächstes tun

würde. Er rannte. Er rannte durch die Tür und durch die Eingangshalle und ließ sein Rad zurück. Er rannte hinaus in den strömenden Regen, ohne ihn zu spüren. Er stolperte zurück auf den verwachsenen Zufahrtsweg und auf den schlammigen Feldweg.

Mit gesenktem Kopf lief er blind in die Abenddämmerung hinein. Er lief eine ganze Meile, bis er das nächste Dorf erreichte. Das Gasthaus war das erste Gebäude im Dorf. Er stürmte durch die Tür und blieb mit wilden Augen und zittrigen Knien an der Bar stehen.

Der Gastwirt sah den Engländer mitleidig an. Er führte ihn zu einem Stuhl und drückte ihm ein großes Glas Brandy in die Hand. John schüttete den Inhalt dankbar hinunter. Alle Gäste im Raum starrten ihn an. In der Wärme und der Helligkeit des Gasthauses kam John seine Angst plötzlich lächerlich vor. „Entschuldigung!“, sagte er. „Ich habe kein Geld mit! Es ist bei meinem Fahrrad – in einem Haus unten an der Straße.“

Der Gastwirt klopfte ihm auf die Schulter. „Oui, Monsieur. Heute bleiben Sie hier.“

„Mein Fahrrad …“

„Wir holen es morgen. Heute Nacht müssen Sie sich ausruhen.“

„Aber das Haus!“

„Wir wissen alles über das Haus, Monsieur“, sagte der Gastwirt. „Aber heute Nacht müssen Sie sich ausruhen.“

Im warmen Gästezimmer schlief John völlig erschöpft ein. Am nächsten Morgen erfuhr er die grausige Geschichte des

Hauses. John sprach wenig Französisch und der Gastwirt kaum mehr Englisch. Mit Hilfe von drei Jahre alten Zeitungsartikeln setzten sie die Geschichte stückweise zusammen.

Acht Jahre zuvor, noch im Zweiten Weltkrieg, hatte der Hof einem seltsamen, einsamen Mann, einem Künstler namens Marc Baus, gehört. Damals herrschte die deutsche Armee über das Land. Die Franzosen waren gezwungen, mit den Deutschen zusammenzuarbeiten und ihnen zu gehorchen. Viele tapfere Franzosen versuchten der mächtigen deutschen Armee zu widerstehen und sie zu bekämpfen. Viele starben bei dem Versuch. Zu viele. Irgendjemand verriet die französischen Widerstandskämpfer an die Deutschen. Alle im Dorf verdächtigten Marc Baus.

Als der Krieg vorüber war, wurde Baus wegen Verrats vor Gericht gestellt. Zur Empörung der Dorfbewohner erhielt er nur zwei Jahre Gefängnisstrafe. Im Jahre 1948 war er wieder auf seinem Hof. Die Dorfbewohner dachten an die Toten, und der Hass gegen Baus flammte auf. Sie marschierten zum Hof und drohten, ihn umzubringen. Mit Steinen warfen sie ihm die Scheiben ein. Nur die Ankunft der Polizei rettete ihm das Leben.

Aber Baus war ein ängstlicher Mann ohne Freunde. Er wurde nie wieder lebend gesehen. Zwei Monate nach diesem Vorfall fand man seine Leiche in dem kleinen Teich hinter seinem Haus. Die Polizei trug die nasse Leiche in das Wohnzimmer, um sie zu untersuchen. Das Wasser und die glitschigen Algen zogen eine Spur durch das Zimmer, als man den Toten hereintrug. Man legte ihn auf das Sofa. Baus trug einen Pyjama, als er starb.

Der Arzt sagte, er sei ertrunken. Er konnte aber nicht sagen, wie. Vielleicht war es ein Unfall. Vielleicht war es Selbstmord. Vielleicht auch Mord an dem meistgehassten Mann der Gegend. Der Tote wurde in einem schmucklosen Grab beerdigt.

„Sie waren nicht überrascht, als ich gestern Nacht hereinkam“, sagte John Allen.

Der Gastwirt schüttelte den Kopf. „Sie sind nicht der Erste, der in dem alten Haus Schutz gesucht hat. Vor zwei Jahren flüchteten sich zwei Arbeiter in das Haus. Sie haben das Gleiche gesehen wie Sie, Monsieur. Jetzt geht niemand mehr in das Haus. Ein paar mutigere Männer werden Ihnen Ihr Fahrrad bringen, nicht ich! Ich würde nicht einmal in die Nähe gehen, nicht einmal für zwanzig Millionen Francs!“

John nickte. „Ich auch nicht“, sagte er.

Der Geisterhof wurde abgerissen, um einer neuen Autobahn Platz zu machen. Danach wurde der Geist nie mehr gesehen.

Beweise für Geister

Von vielen Geistern heißt es, dass es – wie bei dem Geist in dem französischen Bauernhaus – außer ihrem Erscheinen noch andere Hinweise auf ihr Vorhandensein gibt …

1. Wasser

Von Menschen, die ihren Tod im Wasser fanden, sagt man, dass sie nasse Fußabdrücke oder eine Schleimspur hinterlassen, wenn sie als Geister zurückkehren.

2. Geruch

In Bramshill House in Hartney Wintney in Hampshire, England, spielte eine Braut nach der Trauung mit ihren Gästen Verstecken. Sie sperrte sich versehentlich in eine Truhe ein und erstickte darin. Der Duft ihres Brautstraußes aus Lilien liegt in der Luft, wenn sie erscheint. Sie soll im Jahre 1725 gestorben sein. Das Haus beherbergt heute eine Polizeischule.

DIE FAKTEN

3. Geräusche

Man kann Geister oft eher hören als sehen. Leute, die am Rand von Schlachtfeldern leben, behaupten, dass sie – Jahrhunderte, nachdem die Schlachten stattgefunden haben – Waffenklirren und Schreie von Sterbenden hören können.

4. Berührung

Leute, die behaupten, einen Geist gesehen zu haben, erwähnen öfter, dass der Geist von einem eisigen Hauch begleitet wurde.

DIE FAKTEN

Man schätzt, dass einer von zehn Menschen einmal in seinem Leben einen Geist sieht – aber nicht jeder erkennt ihn als solchen. Es gibt unzählige Geschichten darüber, dass jemand glaubte, einen Freund (oder Verwandten) gesehen zu haben, und erst viel später herausfand, dass dieser zu dem Zeitpunkt bereits tot war.

Kinder, die jünger als zehn Jahre sind, sehen mit größerer Wahrscheinlichkeit einen Geist als andere Menschen. Vielleicht kommt das daher, dass die Menschen, sobald sie älter werden, fürchten, ausgelacht zu werden, wenn sie behaupten, einen Geist gesehen zu haben. Oder vielleicht versuchen Erwachsene eher wegzuerklären, was sie gesehen haben, während Kinder es einfach akzeptieren.

Der Geist im
Fahrstuhl

Kann ein Geist in die Zukunft sehen und jemanden vor einem Unglück warnen? Manche Menschen glauben das. Und viele Jahre lang wurde die folgende Geschichte erzählt, die das zu beweisen scheint.

County Offaly, Irland – 1883

Lord Duffy war ein viel beschäftigter Mann, der im Dienste seines Landes viel reiste. Gerade war er als Generalgouverneur sechs Jahre lang in Kanada gewesen. Nun brauchte er dringend eine Ruhepause.

Er musste einen wichtigen Bericht für die britische Regierung schreiben. Er entschloss sich daher, eine Reise nach Irland zu machen, um dort die Ruhe zu finden, die er suchte. Er fand sie nicht – stattdessen fand er aber etwas viel Wertvolleres. Eine Erfahrung, die ihm zehn Jahre später das Leben retten sollte.

Lord Dufferin war müde. Das prachtvolle Haus in der Nähe von Tullamore in Irland war jetzt still – selbst die Dienstboten waren schlafen gegangen. Er nahm die Kerze, die er bei der Arbeit verwendet hatte, und leuchtete sich damit den Weg zum Bett. Kurz nachdem er sich hingelegt hatte, fiel er in einen tiefen Schlaf – bis …

Er wachte mit einem Ruck auf. Lord Dufferin wusste nicht, was ihn geweckt hatte. Er wusste nur, dass es entsetzlich war. Ein Traum? Nein, es war kein Traum. Ein Geräusch! Das war´s. Er war von einem Geräusch geweckt worden. Als er lauschte, hörte er es wieder. Und diesmal träumte er nicht. Das Geräusch kam von draußen, vom Rasen. Es war das Klirren eines Pferdegeschirrs und das Knarren eines Wagenrades. Aber das Geräusch, das ihm einen Schauer über den Rücken gejagt hatte, war ein leises Jammern, das halb menschlich und halb tierisch war.

Er war plötzlich hellwach – und zu Tode erschrocken.

Ein Pferdewagen hatte kein Recht, über den Rasen des großen Hauses zu rattern. Er gehörte auf die Zufahrt vor dem Haus. Und was machte er dort überhaupt mitten in der Nacht?

Im Halbdunkel des Nachtlichts fand er seine Pantoffeln und ging auf Zehenspitzen zum Fenster. Mondschatten zogen über den silbergrauen Rasen. Und aus einem dieser Schatten torkelte ein Mann. Er schwankte unter dem Gewicht einer riesigen Kiste, die er auf dem Rücken trug.

Lord Dufferin öffnete das Fenster, um den Mann zu fragen, was denn eigentlich los sei. In diesem Moment erkannte er, dass die Kiste auf seinem Rücken keine gewöhnliche Kiste war – es war ein Sarg. Er lief über den Rasen auf den Mann zu und rief, er solle anhalten. Der Fremde hob den Kopf und starrte ihn an.

„Was tun Sie hier? Und was ist in der Kiste?“, fragte Lord Dufferin energisch.

Das Gesicht des Fremden verzog sich zu einem bösartigen Grinsen voll blanken Hasses, aber er sprach kein Wort. Nach einem Augenblick wandte er sich um, um zu seinem Wagen zurückzugehen.

„Halt!“, rief Lord Dufferin. Er lief dem Mann nach und griff nach seinem Arm. Aber Lord Dufferins Hand schien glatt durch den Arm hindurchzugreifen.

Der Fremde warf den Sarg auf den Wagen, wo bereits ein anderer lag. Es gab noch einen freien Platz, der gerade groß genug für einen dritten Sarg war. Der fremde Mann drehte sich zu Lord Dufferin um und knurrte ihn an. Er sprach zum ersten und zum letzten Mal. „Es ist noch ein Platz frei, Sir, es ist noch ein Platz frei.“

Seine Lordschaft lief mutig auf den Mann zu, um ihn festzuhalten und zu einer Erklärung zu zwingen. Als er es tat, verschwand der Fremde im selben Moment in der mondhellen Nacht. Lord Dufferin kehrte in sein Zimmer zurück, noch tief erschüttert von seinem Erlebnis, und schrieb genau auf, was er gesehen hatte.

Am nächsten Morgen las er seine Notizen beim Frühstück einigen Freunden vor, die in der Gegend lebten. „Es hat noch nie jemand von einem Geist in diesem Haus berichtet“, sagte man ihm.

„Und es gibt in ganz Tullamore niemanden, auf den die Beschreibung des Mannes passt“, fügte ein anderer kopfschüttelnd hinzu.

„Vielleicht war es wirklich nur ein Albtraum. Du bist von der vielen Arbeit vollkommen übermüdet“, meinte ein wohlwollender Freund. „Vergiss das Ganze.“

Und genau das versuchte Lord Dufferin und es gelang ihm mit der Zeit. Er verdrängte die ganze Geschichte, führte seine verantwortungsvolle Tätigkeit fort und vergaß auf den Mann mit dem Sarg.

Beinahe jedenfalls …

Zehn Jahre vergingen. Lord Dufferin war zum Botschafter in Frankreich ernannt worden. Er wurde zu einem rauschenden Empfang im Grand Hotel in Paris eingeladen.

Als er ankam, war das Hotel voller Menschen. Der Empfang fand im obersten Stock statt. Damals waren gerade Aufzüge sehr populär.

„Du kannst einfach die Treppe nehmen", sagte ein Freund zu ihm.

„Vier Stockwerke!" Lord Dufferin rang nach Luft. „In meinem Alter? Nein", sagte er mit einem spitzbübischen Lächeln, „ich werde geduldig warten, bis der Fahrstuhl kommt." Und er stellte sich in der Warteschlange an.

Die Türen öffneten sich, und die Gäste strömten heraus. Innerhalb von Sekunden war der Fahrstuhl wieder voll.

„Nächstes Mal hab ich mehr Glück", seufzte jemand.

Und als der Fahrstuhl das nächste Mal stehen blieb, war tatsächlich noch ein Platz frei. Der Fahrstuhl sah voll aus, daher trat Lord Dufferin einen Schritt zurück. Aber der Fahrstuhlführer steckte seinen Kopf durch die Tür und sah dem Botschafter direkt ins Gesicht.

Lord Dufferin wich mit einem entsetzten Schrei zurück, als er das Gesicht des Mannes sah. Es war das gleiche bösartige Gesicht wie das des Mannes, den er vor zehn Jahren in seiner Vision den Sarg hatte tragen sehen.

„Es ist noch ein Platz frei, Sir“, grinste der Mann. „Es ist noch ein Platz frei.“

Lord Dufferin schüttelte wie betäubt den Kopf und ging steifbeinig auf einen Sessel zu. Er setzte sich, von der gleichen Angst geschüttelt wie vor zehn Jahren.

Noch immer schwach, erhob er sich langsam und ging zum Büro des Hotelmanagers.

„Entschuldigen Sie, haben Sie einen Augenblick Zeit?“, fragte er höflich. Er wusste nicht genau, was er eigentlich sagen wollte. Eine Frage, diesen Mann betreffend … oder vielleicht eine Warnung.

„Selbstverständlich, Monsieur“, lächelte der Manager. „Womit kann ich Ihnen dienen?“

Während Lord Dufferin noch nach den richtigen Worten suchte, kam ein Kellner durch die Tür gerannt, schrie: „Kommen Sie schnell!“, und keuchte: „Der Fahrstuhl!“

„Der Fahrstuhl? Was ist mit dem Fahrstuhl?“, flüsterte Lord Dufferin.

„Oh, Monsieur! Das Kabel ist gerissen, als er oben ankam. Er ist abgestürzt. Wir fürchten, dass alle Insassen tot sind.“

Und Lord Dufferin wusste, wenn es nicht jene Nacht in Tullamore gegeben hätte, wäre er unter den Opfern des Unglücks. Die Vision hatte ihm das Leben gerettet.

DIE FAKTEN

Der Geist im Fahrstuhl

1. Lord Dufferin trug seinen Titel von 1862 bis zu seinem Tod im Jahre 1902.

2. Die erste Geschichte über Lord Dufferins Geist im Fahrstuhl erschien erst 1920, also achtzehn Jahre nach seinem Tod und siebenundzwanzig Jahrc nach besagtem Absturz. Warum musste die Öffentlichkeit so lange auf diese unglaubliche Geschichte warten? Wäre sie wahr, so wäre sie wohl im Jahre 1893 eine Zeitungssensation gewesen, oder?

3. Im Grand Hotel gab es tatsächlich ein Fahrstuhlunglück, allerdings im Jahre 1878 – fünf Jahre vor Lord Dufferins Traum und fünfzehn Jahre, bevor sich die Geschichte angeblich abspielte. Als das Unglück geschah, gab es keinen Empfang im Hotel, Lord Dufferin war zu dieser Zeit in Kanada – und es kam nur eine Dame ums Leben. Aus dem Jahre 1893 gibt es keinen diesbezüglichen Bericht. Wie passen diese Fakten zur Geschichte?

Die Fakten

4. Dem Autor der ersten Geschichte wurden die Fakten erzählt, kurz nachdem seine Geschichte gedruckt worden war. Er hat sich nie die Mühe gemacht, die Geschichte richtigzustellen, und viele Leute haben sie nacherzählt, ohne auf die Fehler zu achten. Warum hat der Autor von 1920 sich nicht bemüht, die Fakten zu überprüfen, bevor er die Geschichte drucken ließ?

Was geschah also wirklich?

1. Lord Dufferin war eine lebhafte und sehr beliebte Persönlichkeit. Nach dem Abendessen pflegte er seine Freunde mit Geschichten zu unterhalten. Wenn die Kerzen schon fast abgebrannt sind und der Nachtwind heult, gibt es kaum etwas Besseres, um die Gäste zu unterhalten, als eine gute Geistergeschichte.

DIE FAKTEN

2. Eine von Lord Dufferins liebsten Geistergeschichten handelte von einer Frau, die einst die Tür öffnete und draußen einen Leichenwagen vorfand. Der hässliche Leichenbestatter fragte sie, ob sie bereit sei, mit ihm zu gehen. Sie lehnte ab – wie du es auch tun würdest – und warf die Tür ins Schloss. Viele Jahre später begegnete ihr dieser hässliche Mann als Fahrstuhlführer wieder. Sie erinnerte sich an die alte Vision und stieg daher nicht in den Fahrstuhl. Dieser stürzte ab, und sie war gerettet.

3. Jedes Mal, wenn Lord Dufferin diese Geschichte erzählte, änderte er sie ein klein wenig. Eines Abends erzählte er die Geschichte so, als sei sie ihm selbst passiert, um damit einen gelangweilten Neffen zu unterhalten. Aber der junge Neffe glaubte ihm jedes Wort. Jahre später erzählte er die Geschichte weiter und sagte, sie sei Lord Dufferin selbst zugestoßen.

DIE FAKTEN

4. Dadurch wurde diese unheimliche Geschichte in den Augen vieler Zuhörer zur Tatsache. Zwanzig Jahre später erschien sie in einem Buch, war aber voller Fehler. Warum hat der Autor die Geschichte nicht geändert, als er davon erfuhr? Weil es eine bessere Geschichte war, wenn sie blieb, wie sie war – und mit guten Geistergeschichten kann man viel Geld verdienen. Andere Schriftsteller schrieben die Geschichte ab und schworen, dass sie wahr sein müsse, einfach weil sie sie gelesen hatten. Manche Leute wollen eine Geschichte für wahr halten, wenn sie gut klingt. Aber wenn die Geschichte gar in einem Buch erscheint, dann glaubt sie fast jeder!

5. Wenn du die Wahrheit über Geister herausfinden möchtest, dann halte dich an eine Regel: Glaub nicht alles, was du liest!

DIE FAKTEN

Fünf Erklärungen für Geister

1. Seelen von Toten – Jeder Mensch hat einen Körper (Knochen, Blut, Fleisch usw.) und eine Seele. Der Körper wird irgendwann einmal vergehen, aber die Seele kann ohne den Körper weiterleben. Sie kann dann zurückkehren, um ihr Leben noch einmal zu leben oder ihre Lebensgeschichte jedem lebenden Menschen zu erzählen, der bereit ist zuzuhören.

2. Aufzeichnungen von Energie – Wenn einem Menschen etwas Dramatisches oder Gewaltsames zustößt, dann wird eine große Menge Energie freigesetzt. Diese Energie hinterlässt einen „Abdruck“ in der Luft – so wie Menschen einen Abdruck auf einem Videoband machen können. Diese „Aufnahme“ kann sich dann selbst „abspielen“, und die Teilnehmer an dem gewalttätigen Ereignis können unter Umständen immer wieder an demselben Ort gesehen werden.

DIE FAKTEN

3. Vorstellungskraft – Menschen haben eine sehr starke Vorstellungskraft, die sie nicht immer kontrollieren können. Wenn du an einem düsteren, einsamen Ort bist, hast du vielleicht Angst, einem Geist zu begegnen. Dadurch lässt dein Gehirn vor deinen Augen einen Geist erstehen. In diesem Moment erscheint er dir wirklich – aber auch ein Traum erscheint dir wirklich, wenn du schläfst. Geister sind vielleicht so etwas wie Tagträume.

4. Schwindel – Oft lügen die Leute, wenn es um Geister geht. Geister sind ein gutes Material für Geschichten, mit denen man seine Freunde beeindrucken kann. Manche Leute haben Spaß daran, andere zu erschrecken, indem sie Geräusche und Erscheinungen von Geistern produzieren. Und manche verdienen ein Vermögen damit, Geister zu erfinden und Geschichten zu erschwindeln.

DIE FAKTEN

5. Raum-Zeit-Verzerrung – Unser Universum ist nicht fest gefügt – unseren einfachen Gehirnen scheint es nur so. Tatsächlich existieren viele Welten nebeneinander im selben Raum. Manchmal bricht das Gewebe unseres Universums für einen Moment, und wir sind in der Lage, in eine andere Zeit und an einen anderen Ort zu sehen. So geht zum Beispiel in einem anderen Universum jemand über ein Feld, das in unserem Universum ein Haus ist. Der Geist geht schnurstracks durch die Wand unseres Hauses hindurch, weil sie für ihn gar nicht existiert. Oder es ist vielleicht keine Verzerrung des Raumes, sondern eine Zeitverzerrung. Vergangenheit, Gegenwart und Zukunft geschehen alle zur selben Zeit. Manchmal bewegen wir uns „seitwärts" in der Zeit statt vorwärts und sehen etwas, das sich in der Vergangenheit oder in der Zukunft ereignet.

Der fliegende Holländer

Man sagt, dass manche Geister ruhelos auf der Erde wandeln müssen als Strafe dafür, dass sie einen Gott oder Teufel beleidigt haben. Sie sind verflucht und ebenso die Menschen, die ihnen begegnen. Solche Geister erscheinen nicht nur an Land. Der berühmteste Geist des Meeres ist wahrscheinlich der Fliegende Holländer.

Juli 1881, Australische Küste

George fror. Er ging an Deck des Kriegsschiffes auf und ab, um warm zu bleiben. Er war erst sechzehn Jahre alt und somit der jüngste Seemann an Bord der HMS Inconstant. Deshalb hatten sie ihm auch die unangenehmste Arbeit übertragen. Nachtwache auf der winterlichen See ist unbequem – und langweilig.

Das Schiff fuhr durch das eisige Meer auf den untergehenden Mond zu. Noch zwei oder drei Stunden Dunkelheit, dachte der Seemann. Bei Tageslicht würde er wenigstens die australische Küste sehen können. George starrte auf den silbernen Mond, der über dem Meer schimmerte. Plötzlich tauchte ein Schiff auf. George war so überrascht, dass er nicht sofort reagierte. Im selben Augenblick rief eine Stimme vom Beobachtungsposten oben am Mast: „Schiff voraus!“

Das Segelschiff schoss mit geblähten Segeln über das Wasser. Es würde jeden Moment den Kurs der HMS Inconstant schneiden. Das Seegesetz bestimmte, dass das Segelschiff Vorrang hatte. Georg rannte auf die Brücke zu, wo der Erste Offizier Dienst hatte. „Schiff voraus, Sir! Am Bug Steuerbord!“

„Ihre Meldung kommt spät“, sagte der Erste Offizier säuerlich. „Ich hab es schon gesehen, bevor Sie kamen.“

„Es tut mir leid, Sir, es ist gerade aufgetaucht.“

Der Offizier nickte kurz und gab dem Maschinenraum ein Zeichen, die Geschwindigkeit zu drosseln. Er starrte durch das Fenster auf die schimmernde Gestalt des Schiffes und runzelte die Stirn.

„Da stimmt etwas nicht. Kein Segelschiff fährt bei diesen Windverhältnissen so schnell. Irgendetwas ist da faul“, sagte der Offizier. Er wandte sich an einen Matrosen, der neben ihm stand. „Senden Sie dem Schiff ein Signal. Es scheint uns nicht gesehen zu haben.“

„Ja, Sir“, antwortete der Matrose und schaltete die

Signallampe ein. Er begann ein Warnsignal zu senden, aber es kam keine Antwort von dem merkwürdigen Segelschiff.

Andere Wachoffiziere versammelten sich auf der Brücke, um zu sehen, was als Nächstes geschehen würde. Das Segelschiff fuhr direkt über den Bug der HMS Inconstant und verschwand aus dem Mondlicht. Als es sich vom Kriegsschiff entfernte, schien es zu verblassen. Innerhalb einer Minute war das Meer so leer und ruhig wie zuvor. Der Erste Offizier nahm ein Teleskop und suchte das Meer ab. Er ließ es schließlich sinken und schüttelte den Kopf.

„Der Fliegende Holländer“, sagte er. Einige der älteren Matrosen nickten und einige hatten ängstliche Gesichter. „Auf den Posten“, befahl der Erste Offizier scharf und die Besatzung gehorchte ihm hastig.

George stieg auf das Oberdeck zurück und stellte sich neben einen Fähnrich. „Was hat er gemeint?“, fragte er.

„Es war ein Geisterschiff, Sir“, sagte der Fähnrich. „Und man sagt, dass jeder, der es sieht, verflucht sei.“

„Ich habe natürlich auch schon von Geisterschiffen gehört, aber die Geschichte vom Fliegenden Holländer kenne ich nicht.“

„Nun ja, Sir, vor vielen Jahren lebte einmal ein Schiffskapitän, der weder Gott noch seine Heiligen fürchtete. Man sagte, er sei Holländer gewesen, aber das weiß ich nicht. Es ist auch nicht wirklich wichtig, aus welchem Land er kam.

Eines Tages brach er auf eine Reise nach Süden auf. Alles

ging gut, bis Land in Sicht kam. Er prahlte immer, dass kein Sturm ihn zum Umkehren zwingen könnte.

Auf dieser Reise nach Süden erreichte er das Kap der Guten Hoffnung, als er auf einen Gegenwind traf, der einem Ochsen die Hörner vom Kopf geblasen hätte. Der Wind und die hohen Wellen brachten ihn in Lebensgefahr. ‚Kapitän', flehte die Besatzung, ‚wir sind verloren, wenn Sie nicht umdrehen. Wir werden sinken, wenn Sie versuchen, bei diesem Wind das Kap zu umsegeln. Wir sind alle verdammt und es ist nicht einmal ein Priester an Bord, der uns segnet, bevor wir sterben. Wir fahren sicher alle in die Hölle!'.

Der Kapitän lachte über die Angst der Besatzung. Statt auf sie zu hören, begann er gottlose Lieder zu singen.

Dann verlangte der Kapitän nach seiner Pfeife und seinem Bierhumpen. Er rauchte und trank so zufrieden, als wäre er zu Hause in seiner Taverne.

Die anderen flehten ihn an, doch wieder umzukehren, aber je mehr sie baten, desto trotziger wurde er.

Der Sturm kappte die Masten und riss die Segel weg. Kapitän van der Decken lachte und verhöhnte die Männer in ihrer Todesangst.

Der Sturm tobte immer schlimmer, aber der Kapitän ignorierte ihn, wie er auch die Leute auf seinem Schiff ignorierte. Die Männer versuchten ihn zu zwingen, in einer Bucht Schutz zu suchen und ergriffen das Steuerrad. Da packte er ihren Anführer und warf ihn über Bord.

Im selben Moment teilten sich die Wolken über ihm und

eine Gestalt erschien vor ihm an Deck. Die Gestalt war vielleicht Gott selbst; wenn nicht, dann war sie sicher von Ihm geschickt. Die Besatzung und die Passagiere waren sprachlos vor Entsetzen. Der Kapitän rauchte einfach seine Pfeife weiter. Er nahm nicht einmal in der Gegenwart des Allmächtigen seine Mütze ab.

Die Gestalt sprach: ‚Kapitän, du bist ein starrsinniger Mann.‘

‚Und du bist ein Schurke! Wer will schon eine nette, ruhige Fahrt? Ich nicht! Ich will nichts von dir, also verschwinde, oder ich blase dir das Hirn aus dem Schädel.‘

Die Gestalt zuckte die Achseln und antwortete nicht.

Der Kapitän griff nach einer Pistole, spannte den Hahn zurück und drückte ab. Aber die Kugel erreichte die Gestalt nicht. Sie kehrte im Flug um und traf van der Deckens Hand. Da explodierte er vor Wut und sprang auf, um der Gestalt mit der Faust ins Gesicht zu schlagen. Aber als er den Arm heben wollte, war dieser plötzlich gelähmt. Er fluchte und gab der Gestalt alle Schimpfnamen, die ihm einfielen.

Da sprach die Gestalt wieder: ‚Von diesem Augenblick an bist du verflucht. Du bist verdammt in alle Ewigkeit zu segeln, ohne Ruhe, ohne Anker, ohne jemals einen Hafen zu erreichen. Du wirst nie wieder Bier oder Tabak schmecken. Trinken wirst du bitteres Wasser und deine Speise soll rot glühendes Eisen sein. Nur ein einziger Schiffsjunge soll dir von deiner ganzen Besatzung bleiben. Hörner werden aus seiner

Stirn wachsen und er wird das Gesicht eines Tigers haben. Seine Haut wird rauer sein als die eines Hundshais.‘

Jetzt erkannte Kapitän van der Decken seine Dummheit und stöhnte. Die Gestalt fuhr fort: ‚Du wirst immer im Dienst sein und du wirst nie schlafen können, gleich wie sehr du dich auch danach sehnst. In dem Augenblick, wo du die Augen schließt, wird ein Schwert deinen Körper durchbohren. Und weil du Seeleute quälst, so sollst du das bis ans Ende der Tage tun.‘

Bei dem Gedanken daran lächelte der Kapitän. Die Gestalt sagte zu ihm: ‚Du wirst der böse Geist des Meeres sein. Du wirst alle Ozeane befahren, ohne anzuhalten, ohne zu rasten. Dein Schiff wird allen Unglück bringen, die es sehen.‘

‚Darauf trink ich!‘, lachte der Kapitän.

‚Und am Tag des Jüngsten Gericht wird der Teufel deine Seele verlangen.‘

‚Ich scher mich nicht um den Teufel!‘, antwortete der Kapitän.

Die Gestalt verschwand und der Kapitän fand sich allein mit dem Schiffsjungen, der bereits in das böse Geschöpf verwandelt war, das die Gestalt beschrieben hatte. Die übrige Besatzung war verschwunden.

Von jenem Tage an bis heute hat der Fliegende Holländer die sieben Meere befahren und Vergnügen daran gefunden, unglückliche Matrosen hinters Licht zu führen. Er führt Schiffe auf einen falschen Kurs, lässt sie auf Felsen auflaufen und Schiffbruch erleiden. Er macht ihren Wein sauer und verwandelt ihren gesamten Proviant in Bohnen.

Der Fliegende Holländer kann das Aussehen seines Schiffes verändern, wann immer er will und im Laufe der Jahre hat er eine neue Besatzung um sich geschart. Jeder von ihnen ist verflucht und verdammt wie der Fliegende Holländer selbst."

„Danke", sagte George. „Das war eine interessante Geschichte. Aber du glaubst doch nicht an die Sache mit dem Fluch, oder?"

„Nun, wir werden sehen, Sir", sagte der Fähnrich. „Wir werden sehen."

Die HMS Inconstant fuhr weiter über die glatte See und bei Tagesanbruch ging George in seine Kabine. Er öffnete sein Tagebuch und begann zu schreiben:

Um vier Uhr früh schnitt der Fliegende Holländer unseren Bug. Das Schiff erschien in einem eigenartigen, phosphoreszierenden Licht – wie ein Geisterschiff. In der Mitte des Scheins sah man die Silhouetten der Masten, Sparren und Segel, als es sich dem Bug von Backbord näherte. Sowohl der wachhabende Offizier als auch der Fähnrich erblickten die Erscheinung. Der Fähnrich wurde nach vorne geschickt, aber als er am Bug ankam, gab es keine Spur und kein Zeichen mehr von einem Schiff, weder in der Nähe noch am Horizont. Die Nacht war klar und die See war ruhig.

Gedanken über Geister

Dämonen: Böse Geister, die versuchen, sich in das menschliche Leben einzumischen. Sie können viele Formen annehmen – Lichter, Geräusche oder Stimmen im Kopf des Opfers, Elfen, Kobolde, Phantasietiere oder Geisterschiffe wie das des Fliegenden Holländers. Sie dringen oft in den Körper eines Menschen ein und nehmen von ihm Besitz. Dieser Mensch begeht dann böse Taten im Auftrag des Dämonen.

Die Erklärung? Manche Religionen glauben, dass das absolut Gute ihr „Gott" ist, das absolut Böse jedoch in Form eines Dämonen existiert. Früher meinten die abergläubischen Menschen, dass es nur einen einzigen Weg gäbe einen Dämonen zu beseitigen, und zwar indem man den Körper zerstört, in dem er lebt – deshalb verbrannten sie Hexen. Heute sind wir nicht mehr so grausam oder dumm.

DIE FAKTEN

Geister des Meeres

Die Geschichte des Fliegenden Holländers scheint ziemlich unwahrscheinlich, aber manche Forscher behaupten, sie beruhe auf Tatsachen.

Der Name des holländischen Kapitäns war Hendrik van der Decken und er lebte um das Jahr 1660. Van der Decken war ein geldgieriger, skrupelloser Kapitän, der von Amsterdam lossegelte, um in Ostindien sein Glück zu machen. Über die Jahre haben unzählige Matrosen auf der ganzen Welt behauptet, dass sie etwas Eigenartiges auf dem Meer gesehen haben. Können sie alle Unrecht haben?

1. Der Fluch des Holländers: Georges Wahrnehmung wurde von dreizehn weiteren Matrosen auf seinem Schiff und von anderen Schiffen, die in der Nähe segelten, bestätigt. Wenn es heißt, dass der Fliegende Holländer Unglück bringt, dann hat es für die HMS Inconstant gestimmt. Am selben Tag stürzte der Matrose, der das Geisterschiff als Erster gesehen hatte, vom Mast und starb. Der Admiral der Flotte starb bald darauf.

DIE FAKTEN

2. Die Lady Lovibond: England hat sein eigenes Geisterschiff. Am 13. Februar 1748 segelte ein Schiff namens Lady Lovibond an den gefährlichen Goodwin-Sandbänken vor der Küste von Kent, England, vorbei. Ihr Kapitän, Simon Peel, war auf Flitterwochen mit seiner Braut und zahlreichen Hochzeitsgästen. Aber ein eifersüchtiger Matrose, der die Braut auch liebte, tötete Peel und steuerte das Schiff auf die Sandbänke. Am 13. Februar 1798, genau fünfzig Jahre später, sah ein Fischerboot ein Schiff, auf das die Beschreibung der Lady Lovibond passte, auf die Sandbänke zusegeln. Die Fischer hörten Lachen und Frauenstimmen. Es klang, als würde an Bord ein Fest stattfinden. Aber als das Schiff auf die Sandbank auflief, brach es auseinander und verschwand. Die gleiche Erscheinung wurde 1848 und 1898 gesehen. Geisterjäger lagen 1948 auf der Lauer, aber im dichten Nebel konnten sie nichts sehen. Vielleicht tauchte es 1998 wieder auf ...

3. Das brennende Geisterschiff: Das Geisterschiff der Amerikaner ist die Palantine. Sie erreichte im Jahre 1752 die Küste von Rhode Island, beladen mit holländischen

DIE FAKTEN

Kolonisten. Ein Sturm trieb sie vom Kurs ab und spülte den Kapitän über Bord. Das Schiff wurde auf die Felsen getrieben und begann zu bersten. Fischersleute aus der Gegend ruderten hinaus und retteten die Passagiere. Sie plünderten aber auch die wertvolle Schiffsfracht. Um ihren Raub zu vertuschen, setzten sie das Schiff in Brand. Als sie zur Küste zurückruderten, sahen sie voll Entsetzen eine Frau an Deck kommen. Sie hatte sich vor den Plünderern versteckt. Ihre Schreie hallten über das Wasser, bis die Flammen sie verschlangen. Über die Jahrhunderte hinweg haben viele Zeugen ein brennendes Schiff vor der Küste Neuenglands gesehen.

4. Der Geist unter Wasser: Nicht nur alte Segelschiffe können Geisterschiffe sein. Das deutsche U-Boot UB65 war von Anfang an verflucht. Einige der Arbeiter, die es erbauten, verunglückten tödlich. Auf seiner Jungfernfahrt kam ein Offizier bei einer Explosion ums Leben. Von jenem Tag an wurde der Geist dieses Offiziers an Bord gesehen. Das U-Boot überstand alle Feindangriffe, bis es am Ende des Ersten Weltkrieges unter geheimnisvollen Umständen in die Luft

DIE FAKTEN

gesprengt wurde. Dabei kam die gesamte Besatzung um. Ein Unfall? Oder die Rache eines Geistes für den eigenen Tod?

5. Der „Geist“ vom Grunde des Meeres: Für viele Geistesgeschichten gibt es eine rationale Erklärung. In den 90er Jahren des vorigen Jahrhunderts sank der Schoner A. Ernest Mills in einem Sturm vor der kalifornischen Küste. Einige Tage später erschien der „Geist“ des Schoners. Der Schoner transportierte eine Ladung Salz, als er sank. Als sich das Salz im Wasser auflöste, tauchte die A. Ernest Mills wieder an der Oberfläche auf. Das Geheimnis war gelöst.

6. Der Geisterretter: Der erste Mann, der allein die Welt umsegelte, war Joshua Slocum aus Nova Scotia in Kanada. Er segelte im Juli 1895 los, geriet aber im Nordatlantik bald in schreckliche Stürme. Nachdem er drei Tage lang gekämpft hatte, um das Boot unter Kontrolle zu halten, gab er erschöpft auf. Er ging in seine Kabine, um dort das Sinken des Bootes abzuwarten. Er konnte nämlich nicht schwimmen. Dann, als der Sturm am schlimmsten tobte, fühlte er plötzlich, wie das Boot ganz ruhig fuhr, so als ob eine starke Hand das Steuerrad

hielt. Als er sich an Deck schleppte, sah er einen Mann in der Kleidung des fünfzehnten Jahrhunderts am Steuer stehen. „Wer sind Sie?“, brachte er schließlich heraus. „Ich bin der Steuermann der Pinta“, antwortete der Mann. Die Pinta war eines der Schiffe des Christopher Kolumbus, die 1492 Amerika entdeckten. Slocum überlebte den Sturm. Der Matrose aus dem fünfzehnten Jahrhundert wurde nie mehr gesehen.

7. Das Leitlicht: Christopher Kolumbus selbst hatte eine Geistererfahrung auf See. Als seine Besatzung ernsthaft fürchtete, nie wieder Land zu sehen, sah er plötzlich ein Licht am Horizont. Es war ein „Leitstern“, der ihn in die Neue Welt führte. Niemand außer ihm sah das Licht und keiner glaubte ihm. Am nächsten Tag war Land in Sicht; Kolumbus hatte den amerikanischen Kontinent erreicht.

8. Das rächende Schiff: Zwei arktische Entdeckungsschiffe, die George Henry und die Rescue, fuhren im Jahre 1860 in Richtung Nordpol, als sie in einen schweren Sturm gerieten. Die Besatzung war überzeugt, dass die Rescue sinken würde

und verließ sie, um auf der George Henry weiterzusegeln. Als sie zwei Monate später zu der Stelle zurücksegelten, wo sie die Rescue verlassen hatten, bemerkten sie, dass ihnen ein beschädigtes Schiff folgte, dann aber im Nebel verschwand. Aber in derselben Nacht, als sie vor Anker lagen, kam die Rescue zurück und fuhr direkt auf die George Henry zu – vielleicht als Rache dafür, dass die Besatzung sie verlassen hatte. In der letzten Sekunde schien sie abzuschwenken, so als hätte die Geisterkraft Mitleid mit ihnen.

9. Die Katastrophe der Waratah: Im Juli 1909 segelte Claude Sawyer von Melbourne, Australien, nach London, als er von einer schrecklichen Katastrophe träumte. Er sah sich selbst an der Reling seines Schiffes, der Waratah, stehen, als ein Ritter in blutbespritzter Rüstung aus dem Meer auftauchte und den Namen „Waratah" immer und immer wieder sagte. Sawyer war so erschüttert, dass er das Schiff bei der Zwischenlandung in Durban, Südafrika, verließ und sich für den zweiten Teil seiner Reise ein anderes Schiff nahm. Die Waratah segelte ohne ihn weiter und wurde nie wieder gesehen. Siebzig Jahre nach ihrem Verschwinden berichtete ein Pilot, dass er ein Passagierschiff, auf das die Beschreibung der Waratah passte, im seichten Wasser vor der südafrikanischen Küste auf der Seite liegend gesehen hatte. Eine Suchaktion wurde gestartet, aber nichts gefunden. Was hatte der Pilot gesehen?

10. Der Schrecken der Teazer: Ein anderes Spukschiff des Nordatlantiks war das amerikanische Kriegsschiff Young Teazer. Im Jahre 1813 war es von Kriegsschiffen der britischen Marine umzingelt worden. Leutnant Johnson wollte nicht gefangen genommen werden, also sprengte er die Young Teazer in die Luft und sich selbst mit. Ein Schiff, das wie die Young Teazer aussieht, segelt bedrohlich auf andere Schiffe zu. Dann wendet es sich plötzlich ab und segelt lichterloh brennend davon.

Die Geistersteine

Für die meisten geisterhaften Ereignisse gibt es eine natürliche oder übernatürliche Erklärung. Aber manchmal scheint es keinen Grund zu geben, warum eine Geisterhandlung beginnt oder endet.

Upper Blackwood, Australien, 1955

Die Sonne war schon untergegangen, doch der Himmel schien noch immer blau. Die Herbstnächte waren bereits kälter und Heizmaterial war teuer. Die Zweige, die Jean Smith am Rande des Busches aufsammelte, würden Gilbert und sie die Nacht über wärmen.

Die riesige Farm, die sie bewirtschafteten, lag über 300 Kilometer von der nächsten Stadt Perth entfernt. Fremde kamen hier kaum vorbei. Deshalb wunderte Jean sich. Sie hatte das Gefühl, dass ein Fremder in der Nähe war und sie beobachtete.

Sie sah sich vorsichtig um. Es war niemand zu sehen.

Sie fröstelte und bückte sich, um noch eine Handvoll Holz aufzusammeln, bevor sie nach Hause ging. Im selben Moment hörte sie etwas mit einem Zischen an ihrem Nacken vorbeifliegen. Einen Augenblick später schlug es mit einem schweren dumpfen Geräusch auf dem Boden auf.

Jean wollte nicht sehen, wer Steine nach ihr warf. Sie brauchte es auch nicht. Irgendwie wusste sie bereits, dass da niemand war. Die Frau presste die kostbaren Zweige gegen ihre Brust und rannte zu ihrer Hütte. In ihrem Rücken konnte sie fühlen, dass ihr etwas nachjagte. Sie würde sich auf gar keinen Fall umdrehen und schauen.

Sie griff hastig nach dem Türknauf und taumelte in die Hütte. Ihr Mann blickte erstaunt auf und sah, wie seine Frau das Holz auf den Boden warf, die Tür zuschlug und sich mit dem Rücken zu ihr aufstellte. Einen Augenblick später krachte etwas Schweres gegen die Tür.

„Geister!“, keuchte Jean. „Böse Geister!“

Gilbert sprang von seinem Sessel auf und legte ihr beschützend seinen Arm um die Schulter. „Nein, Jean. Wir haben nichts getan, um die Geister zu verärgern. Es ist wahrscheinlich einer der Schafhirten, der sich einen Spaß macht.“

Dic Frau sah ihn zwcifclnd an. „Da draußcn ist nicmand, jedenfalls niemand, den ein menschliches Auge sehen kann.“

„Meine Augen werden ihn sehen“, versicherte ihr Gilbert, schob sie sachte beiseite und öffnete die Tür.

Es war nun dunkler geworden. Die Luft war ruhig. Nichts bewegte sich.

Gilbert ging um die Hütte herum. „Hallo!“, rief er. Niemand antwortete.

Gilbert schlüpfte wieder zur Tür herein und schob den Riegel vor. Er wollte gerade etwas zu Jean sagen, als er im Augenwinkel etwas sah, und sich instinktiv duckte. Etwas Weißes flog auf seinen Kopf zu, es prallte von der Wand ab und fiel auf den Boden. „Ein Golfball“, sagte er. „Einer mit dem die Kinder gespielt haben. Aber wie ...“

Bevor er zu Ende sprechen konnte, hörte man etwas

Schweres krachend auf dem Blechdach landen. „Geister!“, stöhnte Jean.

Der Mann sah auf die beiden Hunde, die am kalten Kamin schliefen. Sie hatten sich nicht bewegt. „Die Hunde bemerken Eindringlinge schon aus 100 Meter Entfernung“, sagte er. „Du hast Recht, Jean, da draußen ist niemand.“

„Was sollen wir tun?“

„Ich hole Hilfe“, sagte er. „Du bist hier drinnen sicher.“

Er nahm die Schlüssel von seinem alten Wagen und lief hinaus. Als das Geräusch des Motors verklang, sprangen die Hunde auf, bellten und jaulten. Die Frau nahm ihnen die Ketten vom Hals und sie sprangen gegen die Tür. „Fass!“, rief sie und zog den Riegel weg. Die Hunde liefen ins Freie und verschwanden jaulend in der Nacht.

Peng! Wieder traf etwas das Dach.

Peng! Jetzt die Wand.

Jean Smith griff nach dem Gewehr ihres Mannes und schob den Lauf durch die Türöffnung. Im selben Moment flog ein leeres Marmeladenglas durch den Raum und zersplitterte am Türpfosten neben ihrem Kopf. Sie schloss schnell die Tür und setzte sich mit dem Rücken zu ihr auf den Sessel. Jeder Gegenstand im Zimmer war jetzt ein möglicher Feind.

Nach einer Stunde kam Gilbert mit einem Nachbarn zurück.

„Hallo, Jenny!“, sagte Alf Krakour, als er durch die Tür kam. „Gilbert hat gesagt, dass ihr ein bisschen Ärger habt.“

Jean nickte stumm.

„Wir kommen der Sache bestimmt auf den Grund“, versprach er und nahm sein Gewehr. Dann ging er mit ihrem Mann hinaus.

Fünf Minutcn spätcr warcn dic Männcr zurück. Alf hattc jetzt aufgehört zu grinsen. „Zu dunkel, um irgendwas zu sehen“, sagte er. „Wir sperren uns hier drinnen ein und warten, bis sie müde werden.“

Aber es waren Alf, Jean und Gilbert, die am nächsten Morgen müde waren. Das Bombardement war die ganze Nacht, bis Sonnenaufgang, weitergegangen.

„Was tun wir jetzt?“, fragte Jean müde.

„Sag’s dem Chef“, sagte Gilbert. „Mr Roberts ist ein kluger Mann. Er wird schon draufkommen.“

In der nächsten Nacht war Mr Roberts bei ihnen. „Da erlaubt sich jemand einen Spaß“, sagte er.

„Das hab ich auch gesagt“, warf Gilbert ein.

„Am Morgen haben die Angriffe aufgehört, weil sie wussten, du würdest dann sehen, wer geworfen hat“, erklärte der

Ranchbesitzer, als plötzlich etwas an seinem Ohr vorbeizischte und gegen die Wand schlug. Er bückte sich, um einen Stein vom Boden aufzuheben und schrie auf. „Er ist heiß!“

„Woher ist er gekommen?“, fragte Gilbert.

„Muss durch die Wand gekommen sein“, sagte Roberts.

„Aber die Wand hat keine Löcher. Wie ist er hereingekommen?“, fragte Jean. Die Männer wussten keine Antwort.

„Ich gebe euch eine andere Hütte“, versprach der Ranchbesitzer.

Gilbert Smith schüttelte den Kopf. „Daran liegt es nicht“, sagte er ruhig.

Er ging zum Fenster und sah hinaus. „Da draußen ist etwas“, sagte er. „Schaut.“

In der dunklen Luft hing ein unwirkliches Licht. Ein ovales, blaues Licht. Plötzlich bewegte sich das Licht mit einem unheimlichen, pfeifenden Ton und die Hütte bebte. Jean Smith presste ihre Hände über die Ohren, aber es gelang ihr nicht, das Geräusch nicht zu hören.

Langsam verging das Geräusch wieder. Jean und Gilbert rückten näher zusammen. „Wir werden lernen müssen, damit zu leben“, sagte sie.

„Dann finde ich einen Spezialisten“, versprach ihr Arbeitgeber. „In Perth gibt es so eine Art Geistergesellschaft. Ich werde sie kontaktieren. Mal sehen, was die sagen.“ Roberts nahm seinen Hut und verließ vorsichtig die Hütte.

Die Geisterjäger von der Parapsychologischen Gesellschaft von Perth bemühten sich, den Smiths zu erklären, dass diese

Art von Geisteraktivität auf der ganzen Welt häufig vorkam, aber dass sie sie leider nicht stoppen konnten. „Es hört normalerweise von selber auf", sagten sie.

Jean Smith schüttelte langsam den Kopf. „Wann? Wann wird es aufhören?", fragte sie.

Die Geisterjäger zuckten die Schultern. „Wer weiß?", sagten sie und gingen weg.

Die Frau bückte sich müde, um Zweige zu sammeln. Es war wieder Herbst. Ein Jahr war vergangen, seit der erste Stein nach ihr geworfen worden war. Die Sonne war schon untergegangen, doch der Himmel schien noch immer blau. Die Nächte waren jetzt bereits kälter und Heizmaterial war teuer. Die Zweige, die Jean Smith am Rande des Busches aufsammelte, würden Gilbert und sie die Nacht über wärmen.

Sie hielt an und schaute auf. Es stimmte etwas nicht, irgendetwas fehlte. Zum ersten Mal seit einem Jahr lächelte sie. Sie wusste, dass sie nicht beobachtet wurde. Was immer es war, es hatte sich entschlossen, sie endlich in Ruhe zu lassen.

Gedanken über Geister

Poltergeist: Ein bösartiger Geist, der Gegenstände herumwirft und Poch- oder Klopfgeräusche macht.

Die Erklärung? Wahrscheinlich kann jeder von uns Gegenstände allein mit der Kraft seines Geistes bewegen, aber die meisten von uns wissen nicht, wie. In manchen Menschen kann diese Kraft plötzlich frei werden und vorübergehend außer Kontrolle geraten. Es ist also eigentlich das Opfer des Poltergeistes selbst, das die Erscheinungen hervorruft. Aber es ist ihm nicht bewusst und es hat auch keine Kontrolle darüber.

Spuk in Australien

Viele Reporter suchten die Smiths im Laufe des Jahres auf. Sie fanden aber keine Beweise, um die Erscheinungen zu belegen. Obwohl die meisten Ereignisse in der Nacht geschahen, war keiner der Reporter bereit, eine Nacht dort zu verbringen.
Die meisten Geistererscheinungen wurden in Europa und besonders auf den Britischen Inseln beobachtet. Aber auch in Australien gab es neben dem Fall der Smiths zahlreiche weitere Berichte über übernatürliche Ereignisse.

1. Das Min-Min-Licht – West Queensland
Im Falle der Smiths wurden merkwürdige Lichter am Himmel gesichtet, doch solche Lichter werden seit Hunderten von Jahren in Australien beobachtet. In West Queensland kann man ein ovales, phosphoreszierendes Licht am Himmel rollen oder stehen sehen. Es wurde das Min-Min-Licht genannt, weil es häufig im Gebiet des Min-Min-Hotels am Warenda-Bahnhof beobachtet wurde. Auch die Polizei von Queensland hat es gesehen. Bei der Untersuchung fand sie heraus, dass das Licht

- nicht von einem Lagerfeuer verursacht wurde
- wahrscheinlich keine Luftspiegelung war
- dass es sich dabei nicht um Autoscheinwerfer oder ihre Spiegelungen handelte.

Niemand konnte jemals erklären, woher das Licht kam oder wohin es ging, obwohl ein Farmarbeiter um das Jahr 1917 berichtet hatte, dass das Licht vom Min-Min-Friedhof aufgestiegen war. Der Arbeiter ritt am Friedhof vorbei, als er das Licht sah. Zu seinem Entsetzen folgte es ihm bis zum Rande der nächsten Stadt, wo es auf unerklärliche Weise wieder verschwand.

2. Ladys Geist – West Australien 1953

Lady war William Courtneys Windhund. Der Hund kam jede Nacht in Williams Schlafzimmer, wo er sich neben seinem Bett niederließ, um zu schlafen. Eines Nachts hörte William Courtney im Halbschlaf das vertraute Geräusch seines Hundes, der sich neben das Bett legte. William Courtneys Hand zitterte, als er nach dem Lichtschalter tastete, denn am

DIE FAKTEN

selben Nachmittag war Lady vom Tierarzt nach einer schweren Krankheit eingeschläfert worden. Als Courtney das Licht aufdrehte, war kein Hund da.

3. Bluebird – Lake Eyre, 1964
Donald Campbell wählte den flachen Salzsee in Australien, um dort mit seinem Auto Bluebird einen neuen Geschwindigkeitsrekord aufzustellen. Im ersten Durchgang wurde ein Reifen beschädigt und Campbell kam dabei fast ums Leben. Das technische Hilfsteam wechselte das Rad, befürchtete aber, dass Campbell nach einem solch dramatischen Erlebnis die Nerven verlieren würde. Als sie durch das Autodach schauten, sahen sie, dass er vollkommen ruhig schien, aber auf die Windschutzscheibe starrte. Campbell fuhr seinen zweiten Durchgang und brach den Rekord. Sein Automechaniker fragte ihn später, was er während des Radwechsels angestarrt hatte. Campbell gestand ihm, dass er seinen toten Vater gesehen hatte. Die Erscheinung sagte: „Mach dir keine Sorgen, mein Sohn, es wird alles gut." Das hatte ihm die Kraft gegeben weiterzumachen.

4. Das Spukhaus – Newcastle, Neu Süd-Wales, 1970 Michael Cooke war überzeugt, dass er das perfekte Haus für seine Frau und sein Baby gefunden hatte. Bald nachdem sie eingezogen waren, verließen sie es in Panik, nachdem irgendetwas das Baby im Bett hochriss, Bettzeug auf einem frisch gemachten, sauberen Bett durcheinanderwühlte, Spielzeug durchs Zimmer bewegte und laut an einer Türklinke rüttelte.

Aber der Höhepunkt war, als der Geist selbst erschien. Michael Cooke beschrieb ihn folgendermaßen: „Letzte Nacht sah ich ein grausiges weißes Gesicht. Die Augen waren weiß und in der Mitte grün. Da hat's mir gereicht. Ich will dort niemals mehr wohnen."

Andere Mieter hatten über ähnliche Probleme berichtet.

Geisterträume
oder
Georges Traum

Die Brüder George und Hart lebten viele Jahre glücklich in Cornwall, England. Als George als Matrose anheuerte, wurden die beiden zum ersten Mal in ihrem Leben getrennt. Im Februar 1840 erreichte Georges Schiff die Insel St. Helena. Als sie dort vor Anker lagen, hatte er einen furchtbaren Traum. Dies ist seine Geschichte ...

Cornwall, England, 1840

Ich träumte, dass mein Bruder Hart und ich auf dem Markt von Trebodwina waren. Ich war die ganze Zeit dicht an seiner Seite und konnte alles hören und sehen, was um mich herum vorging. Aber ich hatte das Gefühl, dass es nicht mein Körper war, in dem ich mich bewegte. Es war mein Schatten oder mein Geist. Hart schien nicht zu bemerken, dass ich da war. Ich sprach mit ihm, aber er hörte mich nicht.

Ich fühlte, dass Gefahr auf ihn lauerte, konnte ihn aber nicht warnen. Ich konnte nur hilflos zusehen.

Mein Bruder hatte einen sehr guten Tag am Markt und verdiente eine große Geldsumme. Bei Sonnenuntergang machte er sich mit seinem Pferd auf den Heimweg. Mein Schatten folgte ihm und meine Angst wuchs, als er das Dorf Polkerrow erreichte.

Polkerrow ist längst kein Dorf mehr. Es ist nur eine Ansammlung von verlassenen Cottages, die entlang der Kreuzung stehen. Es lebt niemand mehr dort. Ich war außer mir vor Angst. Ich wollte Hart warnen, dass er nicht weiterreiten sollte.

Plötzlich traten zwei Männer aus einem der verlassenen Cottages heraus. Ich kannte die beiden gut – es waren die Brüder Hightwood. Sie waren schlechte Menschen, Wilddiebe, die in einem einsamen Wald in der Nähe von St. Eglos lebten. Ich wusste auch, dass sie auf Hart warteten.

Die Männer sagten sehr höflich: „Guten Abend.“

„Guten Abend“, antwortete Hart. „Ich wollte euch ohnehin besuchen.“ Er schien die Gefahr nicht zu spüren. Mein Schatten schrie: „Reite weiter! Reite sofort weiter, bevor es zu spät ist.“ Aber Hart hörte die Warnung nicht.

„Ich habe ein paar Tiere, die ich nächste Woche auf den Markt bringen will“, sagte Hart.

„Warum zahlen Sie uns nicht gleich jetzt, Mr Northey?“, sagte der Ältere der beiden.

Jetzt begann Hart zu spüren, dass sie nichts Gutes im Schilde führten.

„Ich kann nicht für Arbeit zahlen, die noch nicht gemacht wurde“, sagte er.

„Aber ja, Sie können, Mr Northey“, sagte der Jüngere der Brüder. Er stand neben dem Sattel meines Bruders. Der Ältere ging zum Kopf des Pferdes und hielt die Zügel fest. „Wir brauchen das Geld jetzt“, sagte er.

„Kommt zu mir nach Hause und ich werde sehen, ob ich euch welches borgen kann“, sagte Hart. Das Pferd spürte die Nervosität meines Bruders und begann unruhig zu tänzeln.

Der Ältere hielt den Kopf des Pferdes fest. Er sagte: „Mr Northey, wir wissen, dass Sie gerade vom Markt in Trebodwina kommen. Und wir wissen auch, dass Sie viel Geld in Ihren Taschen haben. Wir brauchen dringend Geld und Sie werden diesen Ort nicht verlassen, ehe Sie es uns nicht gegeben haben. Also, her damit.“

Hart antwortete nicht. Er schlug mit der Peitsche nach dem Mann und gab dem Pferd die Sporen. Der Mann fiel zurück, hielt sich aber an den Zügeln fest.

Der jüngere Bruder zog sofort die Pistole und schoss. Er stand genau neben meinem Bruder. Er konnte ihn nicht verfehlen. Ich sah wie Hart leblos vom Sattel sank. Die Männer banden das Pferd an einen Baum. Dann nahmen sie das Geld aus Harts Taschen und schleiften seine Leiche flussaufwärts. Sie versteckten den Toten unter den überhängenden Sträuchern.

Die Brüder kehrten zur Straße zurück und verwischten dort die Spuren. Sie versteckten die Pistole im Strohdach eines der leerstehenden Cottages und kehrten in ihr eigenes Haus im Wald zurück.

Mein Schiff verließ St. Helena und segelte nach Plymouth. Die ganze Fahrt hindurch war ich überzeugt, dass mein Bruder ermordet worden war, so wie ich es in meinem Traum gesehen hatte. Als ich zwei Monate später zu Hause ankam, erwartete mich mein Vater am Kai. „Ich weiß, was du mir sagen willst“, sagte ich. „Es geht um Hart, nicht wahr?“

„Ja“, sagte mein Vater.

„Er wurde vor zwei Monaten ausgeraubt und ermordet.“

Mein Vater nickte. „Du warst Hart immer sehr nahe“, sagte er. „Es überrascht mich nicht, dass du seinen Tod geahnt hast.“

Und er erzählte mir die Einzelheiten des Verbrechens. Sie waren genauso, wie ich sie in meinem Traum gesehen hatte.

„Die ganze Grafschaft war von dem brutalen Mord erschüttert“, sagte mein Vater. „Die Behörden waren entschlossen, die Mörder vor Gericht zu bringen. Zwei Wilderer namens Hightwood wurden verhaftet. Ihr Cottage wurde durchsucht und blutbefleckte Kleider wurden gefunden. ‚Vom Enthäuten von Kaninchen‘, behaupteten die Brüder. Aber die Pistole fehlte“, berichtete mein Vater weiter.

„Die Hightwoods wurden vor den Richter geführt, obwohl es kaum Beweise gegen sie gab. Vor allem die Mordwaffe fehlte noch. Aber die Männer benahmen sich schuldig. Also kamen sie vor Gericht“, erklärte mir mein Vater.

„Ich glaube, ich kann helfen, den Mord an meinem Bruder aufzuklären. Ich weiß, wo die Waffe versteckt ist.“

„Wo?“, fragte mich mein Vater erstaunt.

„Im Strohdach des Cottages an der Straße“, antwortete ich.

Ich führte die Männer zu dem richtigen Cottage und zog die Tatwaffe aus dem Dach. Es war alles genau so, wie ich es in meinem Traum gesehen hatte.

Das war Georges Geschichte. Er hätte natürlich den Traum über den Mord an seinem Bruder erfinden können – schließlich waren die Männer bereits festgenommen und ihre Geschichte war jedem bekannt.

„Woher hast du das gewusst?“, wurde er gefragt.

„Ich habe es in einem Traum gesehen“, antwortete er und erzählte seine Geschichte.

„Ich habe es in derselben Nacht geträumt, in der mein Bruder ermordet wurde, obwohl ich tausende Kilometer entfernt war.“

Als die Hightwoods mit der Waffe konfrontiert wurden, gestanden sie den Mord. Sie hofften, das Geständnis würde ihnen das Leben retten und sie würden zu einer Gefängnisstrafe verurteilt werden. Aber sie irrten sich.

Es war kaltblütiger Mord aus Habgier gewesen. Richter und Geschworene kannten kein Erbarmen.

Einen Monat später wurden die Highwood-Brüder für ihr Verbrechen gehängt.

Gedanken über Geister

Doppelgänger: Das Abbild einer lebenden Person wird von einem Freund oder Verwandten gesehen, der viele Kilometer entfernt ist. Das geschieht meistens, wenn der „Doppelgänger“ in Gefahr ist, z.B. kurz vor seinem Tod.

Die Erklärung? Vielleicht hat jeder Mensch die Gabe, Gedanken zu lesen. Genauso wie wir andere Menschen sehen, fühlen, riechen oder hören, können wir vielleicht auch ihre Gedanken spüren, wenn diese sehr emotionell sind. Unser Seh- und Hörvermögen gestattet uns allerdings nur, Menschen in einer gewissen Entfernung zu spüren, aber Gedanken können hunderte, sogar tausende von Kilometern reisen.

DIE FAKTEN

Geistervisionen

In der Geschichte der Northey-Brüder war der „Geist“ der lebende Verwandte. Seine Seele hat scheinbar den Körper verlassen und ist Tausende von Kilometern gereist, um am Ort des Verbrechens zu sein.
Es gibt noch eine andere Art von Geistervision, nämlich wenn der Geist eines Verstorbenen einen Verwandten (oder Freund) zum Zeitpunkt seines Todes aufsucht. Diese Geistergeschichten heißen „Todesmoment-Visionen“. Im Laufe der Jahre wurden viele Tausende von ihnen aufgezeichnet ...

1. Der letzte Abschied: Rod Nielson lebte in San Diego in Kalifornien. Er hatte ein sehr enges Verhältnis zu seinem Vater Henry. Der alte Henry liebte seine Enkelin Katie, schien aber sehr traurig, als er hörte, dass Rods Frau noch ein Kind erwartete. Er sagte, dass er seinen neuen Enkel wohl nicht mehr erleben werde. Er war ganz sicher, dass das Ungeborene ein Junge sein würde. Im Sommer 1972 war Rod in seinem Büro, als er plötzlich seinen Vater ganz deutlich sagen hörte: „Tja, ich glaube, das war’s, mein Sohn. Gib Katie einen Kuss

von mir. Auf Wiedersehen.“ Rod drehte sich um und sah seinen Vater vor sich. In seiner Hand hielt er eine Gartenhacke und ein paar Ringelblumen. Rod lief schnell zum Haus seines Vaters. Henry lag tot auf dem Rasen. In der einen Hand hielt er die Gartenhacke, in der anderen ein paar Ringelblumen. Aber das ist noch nicht das Ende der Geschichte. Denn als das Kind geboren wurde, war es wirklich ein Junge. Rod drehte sich zur kleinen Katie und sagte: „Schade, dass Großpapa nicht hier ist, um das zu sehen.“ Katie schüttelte den Kopf, „Aber, Papi“, sagte sie, „Opa ist doch hier, er steht neben Mami. Siehst du ihn denn nicht?“

2. Das Schleppkahnunglück: Nicht alle Geister erscheinen im Augenblick des Todes. Mrs Paquet aus Chicago ging in ihre Speisekammer und sah klar die Erscheinung ihres Bruders vor sich. Er schien über ein Seil zu stolpern und dann über ein niedriges Geländer zu verschwinden. Sie wusste, dass er zu jener Zeit auf einem Schleppkahn im Hafen von Chicago arbeitete. Mrs Paquet ließ ihre Teetasse fallen und rief: „Oh mein Gott! Ed ist ertrunken!“ Sie erhielt schließlich

die Nachricht, dass es tatsächlich so gewesen war, aber es war sechs Stunden vor ihrer Vision geschehen.

3. Die Frau in Weiß: Eine der Furcht erregendsten Geistererscheinungen ist sicher jene, die den eigenen Tod voraussagt. Im Jahre 1837 sah John Allen etwas, das ihm seinen baldigen Tod verkündete. Er war die folgenden Monate unglücklich, sagte aber nicht warum. Dann, eines Tages, als er bei der Arbeit war, sah seine Tochter Polly eine Dame ganz in Weiß den Hügel herunterkommen und auf sie zugehen. Niemand außer ihr sah die Frau und ihre Schwester lachte sie aus. „An einem Arbeitstag tragen Leute keine weiße

DIE FAKTEN

Kleidung“, sagte sie. Später am selben Tag erfuhren sie, dass ihr Vater bei der Arbeit am Fluss ertrunken war. Er starb in demselben Augenblick, als Polly die Frau gesehen hatte. Sie hatte nicht den Sterbenden im Augenblick seines Todes gesehen, aber hatte sie den Geist gesehen, der ihrem Vater Monate vorher begegnet war?

5. Das weiße Zimmer: Manchmal haben solche Visionen aber auch ein gutes Ende. In den 50er Jahren des vorigen Jahrhunderts ging ein kleines Mädchen auf einem Feldweg nicht weit von ihrem Zuhause spazieren. Langsam begann der Weg vor ihren Augen zu verblassen und sie sah nur noch ein Schlafzimmer ihres Hauses, das das „Weiße Zimmer“ genannt wurde. Statt nach Hause zu gehen, lief das Mädchen direkt zum Arzt und überredete ihn, mit ihr nach Hause zu gehen. Sie fanden ihre Mutter im Weißen Zimmer; sie hatte einen Herzinfarkt erlitten. Der Arzt rettete ihr das Leben. Es scheint, als ob die Mutter ihrer Tochter eine Art SOS-Nachricht geschickt hatte.

DIE FAKTEN

4. Das Geisterauto: Um 23.30 Uhr am 4. Mai 1980 hörte Joseph Hannahs Vater, wie Josephs Auto die Auffahrt zu ihrem Haus hinauffuhr. Er kannte das Geräusch des Motors und die Geräusche, die sein Sohn beim Einparken machte. Er schlief zufrieden ein, weil sein Sohn sicher zu Hause war. Um 23.30 Uhr am 4. Mai 1980 sah Joseph Hannahs Freundin ihn die Hauptstraße ihrer Stadt hinunterfahren. Er winkte und lächelte ihr zu, dann fuhr er weiter. Sie war ein wenig überrascht, weil sie gesehen hatte, wie er um 23 Uhr das Haus verlassen hatte. Um 23.30 Uhr am 4. Mai 1980 hörte Joseph Hannahs Babysitter Schritte im Kinderzimmer. Drei Menschen glaubten, Joseph um 23.30 Uhr gesehen oder gehört zu haben, aber es hat in keinem Fall gestimmt. Er war an jenem Abend um 23.10 Uhr umgekommen, als sein Auto von einem Erdrutsch zertrümmert wurde.

Geisterboten
oder
Tagebuch eines Spuks

Manche Geister scheinen dazu verdammt zu sein, auf der Erde zu wandeln, weil sie jemandem noch etwas sagen müssen, bevor sie gehen. Das kann Jahre dauern – Hunderte von Jahren – bevor sie den richtigen Menschen finden, der ihnen zuhört. Es scheint, dass manche Menschen, besonders nervöse Menschen, Geister anziehen. Im Falle des Spuks von Ash Manor in Sussex musste der Geist lange warten, bis er den richtigen Menschen fand ...

Das Tagebuch der Elizabeth Keller,
16 Jahre und drei Monate alt

23. Juni 1934

Unsere letzte Nacht im alten Haus. Ich hoffe sehr, dass wir im neuen Haus glücklich sein werden. Es heißt Ash Manor und ist sehr schön. Vater nahm uns gestern zur Besichtigung mit. So friedvoll. Ich bin sicher, Vater und Mutter werden glücklicher sein, wenn wir erst dort eingezogen sind.

Es ist schwer für sie gewesen, ich weiß. Vater war so unglücklich. Ich weiß nicht genau, warum. Der Arzt sagt, es sei eine Depression. Ich glaube, es ist der Stress mit seinen Geschäften. Es ist heutzutage für alle schwer, Geld zu verdienen. Ich glaube, das ist der Grund, warum der letzte Besitzer Ash Manor verkauft hat. Er brauchte das Geld. Vater sagt jedenfalls, es sei sehr preiswert gewesen.

Wenn wir einmal eingezogen sind, dann kann Vater am Abend in das schöne alte Haus heimkommen.

Ich kann es gar nicht abwarten.

24. Juni 1934

Wir haben unseren ersten Tag im neuen Haus verbracht. Die Angestellten haben sehr hart gearbeitet, um es für uns wohnlich zu machen. Das Haus ist so groß, dass ich mein eigenes Schlaf- und Arbeitszimmer habe. Dort schreibe ich dieses Tagebuch.

Der Vikar, Mr Twist, sagt, dass die ältesten Teile von Ash Manor bis ins dreizehnte Jahrhundert zurückreichen.

Der größte Teil des Hauses ist allerdings erst hundert Jahre alt. Mr Twist sagt, das ursprüngliche Gebäude begann zu zerfallen und wurde von seinem Besitzer in der viktorianischen Epoche wieder aufgebaut. Aber ich wohne im ältesten Teil.

Es ist so aufregend zu wissen, dass man von sechshundert Jahren Geschichte umgeben ist.

25. Juni 1934

Ich bin müde. Ich habe nicht allzu gut geschlafen. Ich habe gewusst, dass das Personal noch viel auspacken und umstellen musste, aber ich hatte nicht erwartet, dass sie das die halbe Nacht lang tun würden.

Beim Frühstück habe ich mit dem Mädchen gesprochen.

„Metcalfe!“

„Ja, Mrs Keller?“, sagte sie.

„Um wieviel Uhr sind Sie gestern Nacht zu Bett gegangen? Ich habe Sie die ganze Nacht im Dienstbotentrakt herumgehen hören“, beschwerte ich mich.

Sie wagte nicht, mir ins Gesicht sehen. Ihre Hand zitterte,

als sie mir mein Rührei servierte. „Entschuldigen Sie, Mrs, wir haben alle um Mitternacht geschlafen“, murmelte sie.

Metcalfe log natürlich. Ich konnte sehen, dass auch Vater durch sie gestört worden war. Sein Gesicht war grau vor Müdigkeit und er hatte Ringe unter den Augen.

Er schien sehr in sich gekehrt. Sprach kaum ein Wort. Ich bin sicher, dass es ihm besser gehen wird, wenn er sich erst einmal eingewöhnt und eine Nacht gut geschlafen hat.

Mutter und ich haben heute die Gärten von Ash Manor erforscht. Sie werden sehr schön sein, wenn die Gärtner erst mit ihrer Arbeit fertig sind. Ein ausgezeichneter Platz zum Sitzen und Lesen.

Vater kam sehr spät aus der Arbeit und wir sind alle früh zu Bett gegangen. Ich hoffe, ich schlafe heute Nacht besser.

26. Juni 1934

Wieder eine Nacht mit wenig Schlaf und jedermanns Nerven sind furchtbar angespannt. Ich bin um Mitternacht aufgestanden und in den Dienstbotentrakt hinaufgestiegen, um mich über das Herumtrampeln in der Nacht zu beschweren. Aber die Dienstboten waren nirgendwo zu sehen. Die Geräusche klangen wie Schritte auf Holzdielen und sie schienen vom Dachboden zu kommen.

An diesem Morgen fragte ich Almond, den Butler, nach den Schritten.

„Nein, Mrs Keller, am Dachboden sind keine Holzbretter“, sagte er. „Das Personal hat nichts gehört“, fügte er hastig hinzu. Aber ich weiß, dass er lügt. Sie versuchen, etwas zu verheimlichen. Als Vater nach unten kam, sah er schlechter aus denn je. Ich habe ihn darauf angesprochen.

„Mach dir keine Sorgen, Elizabeth“, sagte er.

Aber als ich nicht locker ließ, meinte er: „Die Dienstboten scheinen zu glauben, dass es hier spukt. Sie haben mit den Geschäftsleuten im Dorf über ein paar alte Legenden gesprochen. Natürlich alles Unsinn. Die letzten Bewohner hatten keine Probleme – und sie haben sieben Jahre lang hier gelebt. Und ihre Vorgänger dreizehn Jahre lang. Es ist alles Unsinn. Wahrscheinlich nur Dohlen, die im Dachboden nisten. Wir lassen jemanden kommen, der sich darum kümmert. Nun iss dein Frühstück weiter.“ Aber ich hatte keinen Hunger mehr.

Ich fragte Mr Twist, den Vikar, nach den Geschichten, aber er lachte nur. Es war aber kein sehr glückliches Lachen. Er entschuldigte sich und verließ mich recht schnell.

27. Juni 1934

Ich bin so müde. Ich glaube, ich habe nicht mehr als zwei Stunden geschlafen. Ich bin um zehn Uhr eingeschlafen, aber um Mitternacht wurde ich von einem schrecklichen Lärm auf dem Korridor vor dem Schlafzimmer geweckt. Vater stand vor der Tür zu Mutters Zimmer und stammelte etwas vor sich hin. Ich lief zu ihm und fragte: „Was ist passiert?“

„Hilf mir, ihn in die Bibliothek zu bringen“, sagte Mutter und wir führten ihn die Treppe hinunter. Mutter schenkte ihm ein großes Glas Brandy ein und zwang ihn, es auszutrinken, während ich seine kalte, zitternde Hand rieb.

„Geh zurück ins Bett, Elizabeth“, befahl Mutter.

„Nein, lass sie hier bleiben“, warf Vater ein. „Sie soll es auch hören. Sie ist jetzt sechzehn, weißt du.“

„Ich weiß, wie alt meine Tochter ist, danke“, schnappte Mutter zurück. „Ich finde bloß, dass wir sie nicht mit deinen Nerven belasten sollten.“

Vater schaute verärgert auf und ich hatte Angst, dass jetzt gleich wieder eine ihrer schrecklichen Streitereien beginnen würde. Er atmete hastig und angespannt, aber sprach mit leiser Stimme weiter. „Es waren nicht meine Nerven, Alice“, sagte er. „Du musst zugeben, dass du es auch gehört hast.“

Mutter nickte kurz. Vater wandte sich zu mir. „Ich lag wach und las, als ich dieses schauderhafte Klopfen an meiner Tür hörte. Dreimal. Aber als ich die Tür öffnete, war niemand da. Ich ging zum Zimmer deiner Mutter. Sie hat es auch gehört. Ich habe es mir nicht eingebildet. Mit meinen Nerven ist alles in Ordnung. Alles in Ordnung!“

„Natürlich, Vater“, beruhigte ich ihn.

Aber keiner von uns konnte mehr einschlafen.

28. Juni 1934

Und jetzt hat es mein Vater gesehen. Diesmal habe ich das Klopfen an seiner Tür gehört. Ich lief aus meinem Zimmer und sah meinen Vater angsterfüllt den Türpfosten umklammern. Als wir ihn in die Bibliothek hinuntergebracht hatten, sagte er: „Ich hab ihn gesehen ... es ... ich hab das Etwas gesehen, das den Lärm macht."

„Psst!", sagte Mutter. „Du erschreckst Elizabeth."

„Ich muss es wissen", sagte ich. „Erzähl weiter, Vater. Was war es?"

Er trank hastig seinen Brandy und stieß einen Seufzer aus. „In der Tür stand ein Mann. Ein älterer Mann – älter als ich, er trug so etwas, was die Bauern auf den Bauernhöfen anhatten."

„Einen Kittel", sagte meine Mutter.

„Ja, einen Kittel. Einen grünen Kittel. Und seine Hosen waren schmutzig, so als wäre er gerade vom Feld gekommen. Er trug einen formlosen Hut auf dem Kopf und eine Art Schal um den Hals. Ich dachte, er wäre einer der Gärtner. Ich fragte ihn, was er wolle. Er schien mich nicht zu hören. Also ging ich auf ihn zu, um ihn bei der Schulter zu nehmen, aber meine Hand griff einfach durch ihn hindurch. Ich fiel auf den Türpfosten und wurde beinahe ohnmächtig. Als ich meine Augen wieder öffnete, war er fort."

„Wir werden sehen, was Mr Twist dazu zu sagen hat", sagte Mutter. „Der Vikar wird uns bald von diesem Etwas befreien."

Ich war überrascht. Mutter machte gewöhnlich immer Vaters „Nerven" für alles verantwortlich. „Du glaubst, dass da etwas ist, Mutter?", fragte ich vorsichtig. Sie sah mich an, und ihre Augen hatten genauso dunkle Schatten wie Vaters Augen. „Ich ... ich hörte das Klopfen auch."

„Du bist an deine Tür gegangen?“

„Ich bin zur Tür gegangen“, sagte sie.

„Und du hast den Geist gesehen?“

Ich hätte vielleicht nicht dieses Wort verwenden sollen. „Ich habe ... etwas gesehen“, gab sie zu. „Ich sah es auf den Kamin im Zimmer deines Vaters zugehen. Ich bin sicher, dass in diesem Kamin etwas versteckt ist.“

„Was noch, Mutter?“, fragte ich.

„Es hob den Kopf ... ich sah, was unter dem Schal um seinen Hals war.“

„Was war das, Mutter?“

Sie sah mich an. „Bete, dass du es nie siehst, Kind!“

2. Juli 1934

Es ist in der Zwischenzeit so viel passiert, dass ich keine Zeit hatte, das Tagebuch auf dem Laufenden zu halten. Mr Twist kam mit seinen Gebeten und sprenkelte heiliges Wasser. Er nannte es Exorzismus. Das schien den Geist zu verärgern. Er wird immer dreister. Ich habe ihn selbst gesehen.

Die Dienstboten haben ihn auch gesehen und deshalb verlässt uns Metcalfe. Wir sind verzweifelt, so verzweifelt, dass wir eine Spiritistin eingeladen haben – jemanden, der mit dem Geist spricht und herausfindet, wer er ist und was er will.

Ich schlafe jetzt im Zimmer meiner Mutter und wir beten. Das scheint zu helfen. Ich hoffe, diese Spiritistin kann unsere schreckliche Situation beenden.

4. Juli 1934

Mr Twist glaubt nicht an Spiritismus. Aber es war wirklich erstaunlich. Das Medium war Mrs Garrett, eine kleine Irin im Alter meiner Mutter.

Sie kam durch die Eingangstür und blieb stehen. „Ah, ja“, sagte sie. „Ich kann das Problem spüren.“

„Humbug!“, knurrtc Mr Twist, abcr sic ignoricrtc ihn.

„Ich spüre Schmerz. Es leidet jemand“, sagte sie. Sie hatte einen leichten irischen Akzent.

Mrs Garrett ging durch das Haus und kam in den ältesten Teil des Hauses. „Hier“, sagte sie. „Wir werden versuchen, hier mit ihm zu sprechen.“

„Was sollen wir tun?“, fragte Vater nervös.

„Setzen Sie sich um den Tisch“, befahl sie. „Ziehen Sie die Vorhänge zu.“

Als wir beim trüben Schein einer Kerze zusammensaßen, sagte Mrs Garrett, dass sie eine Verbindung mit der Geisterwelt habe, insbesondere zu einem Geist namens Uvani. Wir sollten uns nicht irritieren lassen, wenn sie sich während der Sitzung veränderte.

Sie schloss die Augen. Ich konnte nur noch das Atmen von

Mr Twist hören. Selbst er war fasziniert. Schließlich öffnete Mrs Garrett die Augen. Als sie sprach, war ihre Stimme kräftiger und sie hatte keinen irischen Akzent mehr. Der Geist von Uvani schien zu uns zu sprechen.

„Dort ist ein Mann, der zu euch sprechen möchte. Der Mann, der in diesem Hause umgeht."

„Wer ist es?", sagte Mutter schnell.

„Sein Name ist Charles Edward. Er hat viel in der Gefangenschaft gelitten", antwortete Mrs Garrett (oder Uvani).

„War er hier eingesperrt?", fragte Mr Twist. „Dieses Haus war nie ein Gefängnis."

Uvani schien ein paar Augenblicke lang mit Charles Edward zu sprechen, dann sprach er wieder zu uns. „Nein. Das Gefängnis war in der Nähe, aber nicht in diesem Haus."

„Warum kommt er dann hierher?“, fragte der Vikar.

„Charles Edward leidet und er spürt, dass in diesem Hause eine lebende Seele leidet. Leiden zieht Leiden an wie ein Magnet.“

Wir wussten, Uvani meinte Vater und sein Problem mit den Nerven. Aber wir sagten nichts.

„Wer hat ihn eingesperrt?“, fragte Mr Twist.

„Der König – König Edward, sein Halbbruder“, antwortete Uvani.

„Welcher König Edward? Der vierte oder der fünfte?“

Uvani nickte und sagte einfach „Ja“.

„Ha! Das ist eine unsinnige Antwort“, schnappte der Vikar. Das schien den Bann zu brechen. Die Spiritistin blinzelte und Uvanis Geist verließ sie.

Mrs Garrett wird morgen wieder kommen und dann werden wir mit Charles Edward selbst sprechen.

5. Juli 1934

Mrs Garretts Gesicht veränderte sich, als Charles Edward von ihr Besitz ergriff. Wir holten alle tief Luft. Denn ihr Gesicht wurde das Gesicht des Mannes in Grün und ihre Stimme die eines Mannes. „Ein Trick“, sagte Mr Twist. Ich war nicht so sicher. Charles Edward sprach.

„Ich bin der Halbbruder des Königs, aber meine Anhänger glauben, dass ich mehr Anrecht auf den Thron habe als er. Sie begannen einen Aufstand und setzten mich an ihre Spitze. Ich wollte die Krone nicht wirklich, ich wollte nur mein Land zurück. Der Earl von Huntingdon hat mir mein Land geraubt. Natürlich hat Edward gewonnen. Er hat mich hier eingesperrt und mich im Kerker verkommen lassen."

„Welcher König?", fragte Mr Twist sanft.

„Edward."

„Welcher Edward?"

„Edward", sagte der Geist.

„Warum spukst du in diesem Haus?", fragte der Vikar.

„Ich brauche Hilfe – Hilfe, um meine Rache auszuführen. Rache an den Freunden, die mich verraten haben; Rache am Bruder, der mich foltern ließ."

„Sie sind alle tot", sagte Mr Twist. „Seit langem tot."

„Ich will meine Rache!", rief der Geist und es trieb mir Tränen in die Augen, ihn zu hören. Für mich war er ein richtiger Mensch, so wie Vater und Mutter. „Ich werde nicht gehen, bis ich mich gerächt habe."

Vater seufzte tief und vergrub sein Gesicht in den Händen. „Wir werden nie von diesem Spuk befreit werden."

6. Juli 1934

Ich mag Mr Twist nicht besonders, aber heute hat er etwas Vernünftiges gesagt.

„Die Frau ist eine Betrügerin", sagte er. „Sie verdient ihr Geld damit, ein Theater wie gestern Abend zu inszenieren."

„Wir haben sie gut gezahlt", gab Mutter zu.

„Ich kenne mich in der Geschichte der Gegend sehr gut aus", fuhr der Vikar fort. „Mrs Garretts Geschichte ist spannend, aber kompletter Unsinn. Haben Sie bemerkt, wie sie es abgelehnt hat, den König zu nennen? Ich habe alle Aufzeichnungen studiert: Es gab keine Rebellion."

„Wer ist dann dieser Geist? Wir haben ihn nicht bloß erfunden. Wir haben ihn alle gesehen. Ein weiterer Dienstbote hat uns heute verlassen", sagte Mutter.

„Ich glaube, dass Mrs Garrett etwas Sinnvolles gesagt hat. Sie sagte, dass Leiden anderes Leiden anzieht. Mr Keller ist offensichtlich unglücklich. Es ist sein Unglücklichsein, das den Spuk verursacht. Es spukt in diesem Haus, weil Mr Keller es so will."

Ich sah Vater an. Er leugnete es nicht. „Aber wer ist der grünc Mann?"

„Der grüne Mann ist nicht der verlorene Bruder eines längst verstorbenen Königs. Er entstand im Kopf deines unglücklichen Vaters. Wenn dein Vater wieder glücklich ist, dann wird der grüne Mann verschwinden." Der Vikar wandte sich an Vater. „Gehen Sie zu einem Arzt, Mr Keller, dann kommen Sie in die Kirche und finden Sie Ihren Frieden." Er drehte sich zu Mutter und mir. „Und Sie haben auch Ihre Rollen zu spielen. Leiden zieht Leiden an – aber denken Sie daran, Glück zieht Glück an. Daher seien Sie glücklich."

Wir sprachen noch bis tief in die Nacht darüber und entschieden, dass wir es versuchen wollten. Wir werden einander helfen. Gemeinsam können wir diesen gespenstischen grünen Mann vernichten.

7. Juli 1934

Letzte Nacht habe ich zum ersten Mal, seit wir hier eingezogen sind, friedlich geschlafen. Der grüne Mann ist fort, vertrieben von der einen Waffe, der er nicht gewachsen war: Glück.

Gedanken über Geister

Geister: Die „Seelen“ von Toten, die diese Welt nicht verlassen wollen. Der Geist möchte mit einem Freund oder Verwandten sprechen, indem er a) ihm erscheint (oft in einem Traum) und eine Botschaft übermittelt; b) indem er einen sensiblen Menschen findet, der die Botschaft weitergibt – ein „Medium“. Der Geist spricht durch den Mund des Mediums. Oft sind diese Geister freundlich gesinnt und wollen einen Rat oder eine Warnung an einen geliebten Menschen weitergeben.

Die Erklärung? Der Lebende träumt diese Erscheinung vielleicht nur. Viele „Medien“ wurden im Laufe der Jahre beim Betrügen ertappt, denn „Medien“ werden gut bezahlt.

Fälschungen

Der Fall von Ash Manor ist sehr interessant. Die Geistererscheinung des grünen Mannes scheint echt gewesen zu sein, aber der Versuch mit dem Geist durch ein „Medium“ zu sprechen, war wohl ein Trick. In der langen Geschichte von Geistererscheinungen hat es viele Betrüger gegeben, die eine Menge Geld mit ihrem Schwindel verdienten. Oft wollen die Hinterbliebenen mit einem Verstorbenen sprechen. Ein „Medium“ behauptet, dass es den Kontakt mit dem Toten herstellen kann und übermittelt Botschaften des Verstorbenen. In Wirklichkeit aber es tut vielleicht nur so und erfindet die Antworten, von denen es annimmt, dass der Verwandte sie hören will. Im Alten Griechenland konnte man durch ein „Medium“, z.B. einen Priester, zu den Göttern sprechen und auch Antworten erhalten. Sogar heute noch kann ein Medium einen großen Saal mit Hunderten von Leuten füllen, die glauben, dass sie mit dem Jenseits in Kontakt sind. Leider gibt es viele Geschichten über Betrüger.

DIE FAKTEN

1. Der Geisterjäger: Harry Houdini war ein berühmter Entfesselungskünstler, dessen bestes Kunststück darin bestand, sich von Handschellen, aus Schachteln, Särgen, Safes und sogar Gefängnissen zu befreien. Houdini wollte unbedingt mit seiner verstorbenen Mutter Kontakt aufnehmen. Er suchte jahrelang nach einem echten Medium, aber alle, die er fand, waren Betrüger. Da er selber ein großer Zauberkünstler war, konnte er leicht ihre Tricks entlarven.

2. Das Geisterkabinett: Die amerikanischen Brüder Davenport, die um das Jahr 1860 lebten, verwendeten einen besonderen Schrank für ihre Vorführungen. Sie ließen sich fesseln und in den Schrank sperren. Die Bühne wurde verdunkelt und das Publikum sah, wie aus dem Schrank Geisterhände reichten, die auf Musikinstrumenten spielten. Als der Schrank wieder geöffnet wurde, fand man die Brüder genauso fest gefesselt wie vorher. Viele Leute nahmen dies als Beweis für die Existenz einer Geisterwelt und niemand ertappte die Brüder Davenport jemals bei einem Betrug. Im neunzehnten Jahrhundert entstand durch solche Kontakte mit

DIE FAKTEN

der Welt der Toten eine Religion, die Spiritismus genannt wurde. Viele andere Medien begannen die Idee mit dem Schrank nachzuahmen. Bevor Ira Davenport starb, gestand er Harry Houdini, dass es ein geschickter Betrug war und er zeigte ihm die Beschwörungstricks, die die Brüder verwendet hatten.

3. Die Feenfotos: Sir Arthur Conan Doyle ist der Autor der Sherlock-Holmes-Detektivgeschichten und war ein großer Anhänger des Spiritismus. Einmal zeigte man ihm Fotos von Feen, die zwei Mädchen in Yorkshire gemacht hatten. Er war überzeugt, dass diese Fotos die Existenz von Feen bewiesen und zog nie in Betracht, dass zwei Mädchen im Alter von zehn und sechzehn Jahren geschickte Trickfotos herstellen könnten. Doyle und tausende andere glaubten, dass die Fotos echt wären. Das waren sie aber nicht! Die „Feen“ auf den Bildern waren Papierschnitte. Die Schwestern gestanden ihren Trick sechzig Jahre später ein, lange nach Doyles Tod.

DIE FAKTEN

4. Der materialisierte Geist: Die erstaunlichste Fähigkeit eines Mediums ist es, einen Geist zu „materialisieren“ – d.h. er nimmt eine feste Form an und geht im Zimmer umher. Zu diesem Zweck steigt das Medium in einen Schrank und zieht die Vorhänge zu. Im verdunkelten Zimmer erscheint ein weißer Fleck vor dem Vorhang und breitet sich zu einer Wolke aus. In dieser Wolke erscheint ein Gesicht und schließlich der ganze Geist. Ein Autor namens Robert Chaney erklärt, dass der Geist aus „Ektoplasma“ besteht – ein Teil des eigenen Körpers fließt aus dem Mund des Mediums und bildet einen zweiten Körper, in den der Geist eintritt. In Wirklichkeit ist der feste „Geist“ nur das Medium selbst in einer anderen Kleidung.
Der wahrscheinlich berühmteste Fall eines Betruges ist der Geist aus der Cock Lane in London um das Jahr 1760 ...

Nachwort

Glaubst du an Geister?

Wenn dir jemand diese Frage stellt, ist es vielleicht das Beste, mit einer Gegenfrage zu antworten: „Was für ein Geist?“ In diesem Buch wurden verschiedene Arten von Geistern beschrieben. Einige sind wahrscheinlicher als andere.

Hast du das gewusst?

Die meisten Geister werden nicht gesehen, sondern die Leute berichten über

- ein Geräusch
- einen Geruch
- ein Gefühl von Hitze oder Kälte
- ein Gefühl von Schrecken
- unerklärliches Bewegen von Gegenständen
- eigenartige Lichter oder Schatten

Du solltest dir über Geister keine Sorgen machen. Für die meisten Geistererfahrungen gibt es natürliche Erklärungen. Manche Geisterjäger geben an, dass von 100 Berichten nur zwei wirklich unerklärlich sind.

Du hast in diesem Buch einige von den Millionen von Geschichten gelesen, die Leute über Geister erzählen. Glaubst du jetzt an Geister?

Das kannst nur du beantworten.

Lisa Gallauner
SMS des Schreckens
Ab 9 Jahren, 120 Seiten
14,5 x 20,5 cm, Hardcover
ISBN 978-3-7074-1451-6

Kai Aline Hula
In den Fängen der Erpresser
Ab 9 Jahren, 120 Seiten
14,5 x 20,5 cm, Hardcover
ISBN 978-3-7074-1819-4

Walter Thorwartl
Auf Schweine schießt man nicht!
Ab 9 Jahren, 128 Seiten
14,5 x 20,5 cm, eBook
ISBN 978-3-7074-1723-4

Walter Thorwartl
Das Haus der dunklen Rätsel
Ab 9 Jahren, 120 Seiten
14,5 x 20,5 cm, Hardcover
ISBN 978-3-7074-1241-3

Monika Pelz
Nur die Katze war Zeuge
Ab 9 Jahren, 112 Seiten
14,5 x 20,5 cm, Hardcover
ISBN 978-3-7074-0385-5

Gerda Anger-Schmidt/Martin Anger
Der Fälscherbande auf der Spur
Ab 9 Jahren, 128 Seiten
14,5 x 20,5 cm, Hardcover
ISBN 978-3-7074-0359-6

H. Domenego, K. Recheis u.v.m.
Das Sprachbastelbuch
Ab 3 Jahren, 136 Seiten
16 x 23 cm, Hardcover
ISBN 978-3-7074-0277-3

Das neue Sprachbastelbuch
Ab 6 Jahren, 128 Seiten
16 x 23 cm, Hardcover
ISBN 978-3-7074-0397-8

Felix Mitterer
Superhenne Hanna
Ab 9 Jahren, 168 Seiten
14,5 x 20,5 cm, Hardcover
ISBN 978-3-7074-2190-3

Felix Mitterer
Superhenne Hanna - Gibt nicht auf
Ab 9 Jahren, 172 Seiten
14,5 x 20,5 cm, Hardcover
ISBN 978-3-7074-0209-4

Franz S. Sklenitzka
ABC für Drachenfreunde
Ab 8 Jahren, 128 Seiten
14,5 x 20,5 cm, Hardcover
ISBN 978-3-7074-1242-0

Franz S. Sklenitzka
DRACHEN haben nichts zu lachen
Ab 8 Jahren, 104 Seiten
14,5 x 20,5 cm, Hardcover
ISBN 978-3-7074-0170-7

Franz S. Sklenitzka
DRACHEN machen starke Sachen
Ab 8 Jahren, 124 Seiten
14,5 x 20,5 cm, Hardcover
ISBN 978-3-7074-0180-6

Franz S. Sklenitzka
DRACHEN kann man nicht bewachen
Ab 8 Jahren, 136 Seiten
14,5 x 20,5 cm, Hardcover
ISBN 978-3-7074-0169-1

Franz S. Sklenitzka
Drachen lassen's richtig krachen
Ab 9 Jahren, 128 Seiten
14,5 x 20,5 cm, Hardcover
ISBN 978-3-7074-0396-1

Franz S. Sklenitzka
Steinzeitsaga
Ab 9 Jahren, 192 Seiten
15 x 21 cm, Hardcover
ISBN 978-3-7074-1670-1

Franz S. Sklenitzka
Hase und Igel
Ab 8 Jahren, 112 Seiten
17 x 24 cm, Hardcover
ISBN 978-3-7074-5205-1